再看金庸小說

倪匡——著

前言　打破蛋殼之後

一九八〇年六月，寫了《我看金庸小說》之後，各方反應之熱烈，出乎意料之外。當然，反應熱烈的原因，是因為「金庸小說」，不是「我看」。金庸小說的吸引力大，讀者多，閒談之際討論起來，也是可以通宵達旦的話題，何況發而為文！其中個人的看法，有的大大反對，有的輕度反對，有的贊成，有的絕對贊同，有趣之極。

所以，一看之下，還要「再看」。

《再看》之上，省了一個「我」字，但還是以個人的觀點來看金庸小說。

《我看金庸小說》是急就章，不少地方一掠而過，沒有詳細討論，《再看》可以比較充裕些，來咀嚼一番。可能比《我看》更有韻味。

至於是不是還有《三看》、《四看》，那也難說得很，未必有，也未必沒有。

在寫《我看金庸小說》之際，由於多少年來，看了幾十遍金庸小說，所要表達的意見實在太多。這情形，就像是一個餓透了的人，忽然看到珍饈百味，羅列面前，真有點手忙腳亂，不知先揀哪一樣來吃才好，結果，自然是雙手並用，手忙腳亂，沒有機會合上口，一切全都囫圇吞下去，若是人和牛一樣，有四個胃，那倒不錯，可以慢慢反芻一番。《再看》，算是一種反芻。

在《再看》中，不再分什麼人物、情節，而是逐部逐部來說自己的意見。在《我看》中，幾乎未曾寫到武俠小說中最重要的「武」的部分。

武俠小說的定義，是「武＋俠＋小說」，「武」的部分忽略了，就不能領略武俠小說，金庸武俠小說的好處，我們在《再看》中，這一部分的敘述會比較詳細。

武俠小說中「武」的部分，比較專門，一般小說讀者可能不是十分加以注意，忽略過去，或者只是將之作為一點熱鬧的點綴，但是在武俠小說作者的心目中，

「武」的部分，所佔的地位相當高，沒有「武」的部分，就不成其為武俠小說，沒有「武」的部分，就只是其他形式的小說。而其他形式的小說，都比武俠小說在創作上要容易——至少，其他形式的小說不必寫「武」！

《我看》發表之後，意見紛紜之餘，有不少朋友對本人的意見大表不然，最多反對意見的是作品的次序排列，和人物的上上、上中等評級。

於是，有不少朋友大聲疾呼，要寫一本「我看《我看金庸小說》」！

《我看金庸小說》的總題是《金學研究叢書》（編按：也曾收入《金庸茶館》之中），既稱「研究」，自然要集納各方面不同的意見，百花齊放，百家爭鳴，才能成為一種「學」。《我看》開頭，希望曾高叫過要寫「我看《我看》」的朋友，不要說過就算，即使有時是在醉後叫出來的，醉後的諾言，一樣是諾言。總希望看到所有喜愛金庸小說的朋友，都將自己的意見寫出來，好讓所有人，知道金庸的武俠小說，是如何地受人歡迎，如何給人以深刻的印象，如何震撼、深入人心，如何偉大！

《我看金庸小說》出版之後，還有一點小餘波，就是有人表示不屑，嗤之以鼻，道：「拍馬屁拍成這樣子！」真沒有辦法，馬屁是拍定了，任何人，若能寫出金庸這樣的小說來，甚至於，只要有金庸小說的一半好看，本人一定也照拍馬屁，捧頌歌唱，不遺餘力，尚祈努力可也。至於有的說金庸小說不好的，也大可發而為文，好讓普天下一新耳目，知道金庸小說壞在何處，免得耳際老是聽到對金庸小說的頌讚聲，不但可以獨樹一幟，兼且功德無量。

不過，要在雞蛋裡找骨頭，比較困難，也要多多努力才行。想起雞蛋裡找骨頭，又想起了韋小寶的話：「雞蛋要變小雞，就有骨頭了。就算沒有骨頭，人家來尋的時候，先將我蛋殼打破了再說，攪得蛋黃蛋白，一塌胡塗。」

金庸寫小說，多人研究之，稱之為「金學」，正是要將蛋殼打破。蛋殼打破之後，蛋黃蛋白，可能攪得一塌胡塗，但也有可能，煎成噴香的芙蓉蛋，燉成清爽的水蛋，蒸成甜美的蛋糕，包成腴味的蛋餃，變化無窮，益增光彩，這便是「金學研究」之目的。

倪匡　一九八〇年十二月十一日　香港

目次

第二章

天龍八部

第三章

倚天屠龍記

外一章

武俠小說

在未論及金庸的武俠小說之前，先談談武俠小說。再簡單地重複一次：武俠小說是中國特有的一種小說形式，是「武＋俠＋小說」而組成的。

武俠小說，在有一些人之中，不被當作是小說，甚至不被當作是文學作品，排斥武俠小說的那些人，可以分成以下幾類：

崇仰西洋文化者

這一類人，逢洋必佳，逢土必差，武俠小說是地道的土產，自然在排斥、鄙視之列。這一類人，推崇西方偵探小說，公開、私下，都發言表示鄙視武俠小說。

各人有各人的意見，這一類先生道德文章、觀念見解可能全屬上乘，不過，不看武俠小說，那是他們的損失。

自命為高級知識份子者

在高級知識份子的心目之中，武俠小說不但不是文學作品，甚至不是小說。是什麼呢？說文雅一點，鼻孔一掀，有冷笑聲發自喉間焉，曰：「下里巴人。」說得激憤一點：「武俠小說？那是販夫走卒看的東西！」照例也有嗤然之聲，發自喉間。

再比較「客觀」一點的，承認武俠小說很好看，可以「消閒」，可以「打發時間」，「老人退休之後無所事事，看看武俠小說，倒也不錯。」這一類人，比較客氣，嗤然之聲很輕，或者根本聽不到。但是不嗤之以鼻，卻嗤之以心，一樣的，看不起武俠小說。

嚴肅文學的撰寫者

本來，文學就是文學，要在文學之上，冠上「文藝愛情」、「社會倫理」、「武俠奇情」等等帽子，都大可不必。但既然這樣分類法已經成了風氣，也只好從俗。嚴肅文學，也是這樣來的。

所謂嚴肅文學，是一種看了令人肅然起敬、自以為可以上廟堂、可以當教科書的文學作品，題材必然要社會現實（將改變世道人心的擔子挑起來），形容詞必然要大堆頭（不然顯不出作家的才華），要觸及人類靈魂的深處（這深處究竟在什麼地方，靈魂自己也不知道），當然還要嚴肅（板起臉來，是不是會變成「雖無過犯，面目可憎」，那就不必理會了），等等。

只有這樣的作品，才是文學，其餘的一概排斥。和嚴肅相對的是活潑。武俠小說正是最活潑、最變幻無窮的一種文學形式，自然被這些人當作死對頭，視之為洪水猛獸，不是嗤之以鼻那麼簡單，簡直要揮拳相向——真可惜，該用什麼招數，他們不知道，因為他們根本不看武俠小說。

而實際上，好的武俠小說，有著好的文學作品所有應有內涵。金庸的武俠小說，就是明明白白擺在那裡的例子，其中對人性描寫之深刻、小說結構之嚴謹、文字運用之巧妙等等，在近三十年來的文學作品之中，還找不出可以相擬的例子來。

要求子弟死讀書的家長和教師

子弟而有要求他們死讀書的家長，那是人生一大苦事。現代兒童，上學上得早，一旦家長要他們死讀書，這樣的兒童，沒有了快樂童年，已可肯定。

要求子弟死讀書，當然不准子弟看「閒書」。而不幸，武俠小說正是名正言順的「閒書」。於是，少年、青年喜歡武俠小說者，半夜在被窩中用手電筒照書看者有之；伏於街頭，形如乞丐，埋首其中者有之；用教科書做遮掩，看「正書」其虛，讀「閒書」其實者有之；餓著肚子，早餐錢省了租兩本，在廁所中草草了事翻閱者有之。

自從有了武俠小說這種「閒書」之後，家長與子弟間的鬥法，各出八寶，漪歟盛哉，十分可觀，雙方所用的辦法，花樣之多，可以出一本專集。

很有趣的是，鬥法結果，從未有任何家長或教師可以達到目的。不過，雖然不能達到目的，屢敗屢戰的精神，可昭日月。而且，出發點之堂皇，誰也不能碰：為了你們好！

要為了青少年好，就高抬貴手，讓他們多看一些自己喜歡的文學作品，不必替他們選擇，讓他們自己決定，好不好？讓他們在應付學校功課、心力交瘁之餘，也有一點調劑，從另一方面去吸收一點知識，好不好？

至於更有甚者，說看了武俠小說，會令青少年到深山野嶺去投師學藝，那真是天方夜譚。持此說者，每喜歡舉十年或七、八年一度有這樣事發生的新聞為證據，振振有詞，曰：「看！不是有青少年中了毒嗎？」

嗚呼，真要是這樣，每年被汽車撞死的人有多少？汽車應該禁絕。每年跳海自殺的人有多少？海水應該抽乾。每年吃東西噎死的人，大概也有，那就……不必提了。

列舉幾類刻意惡詆武俠小說的人，並沒有惡意，只不過指出事實。惡武俠小說者可以繼續惡下去，但請別干涉愛武俠小說者去愛武俠小說。

幸好，除了最後一類之外，其餘三類，通常都是根本不看武俠小說的。不看武俠小說，從何能得知武俠小說之非呢？有什麼資格惡詆武俠小說呢？有什麼資格說武俠小說低俗呢？

這使本人想起一件經歷。

一九八〇年秋，很多人圍桌歡宴，席間有素所崇敬的歷史小說作家高陽先生。高陽先生帶來了兩篇他寫的有關紅學研究的文字，想聽聽意見。

兩篇文字到手隨便一翻，就發表了意見：「這是索隱派的。」

一言未畢，高陽先生勃然大怒，做獅子吼，拍抬有金石相交之聲：「你看也沒有看，亂說什麼？」

當時，舉座失色，只有本人處變不驚，連聲道歉：「是！是！看也沒有看完，不應亂說。」

於是，放著美酒佳餚不用，專心閱讀。看完之後，意見如何，那是另外一樁故事了。而高陽的話，卻一直縈迴耳際：「看也沒有看，亂說什麼？」

看看，好不好？看完了，再說，好不好？

一九八〇・十二・十一　香港

第一章

鹿鼎記

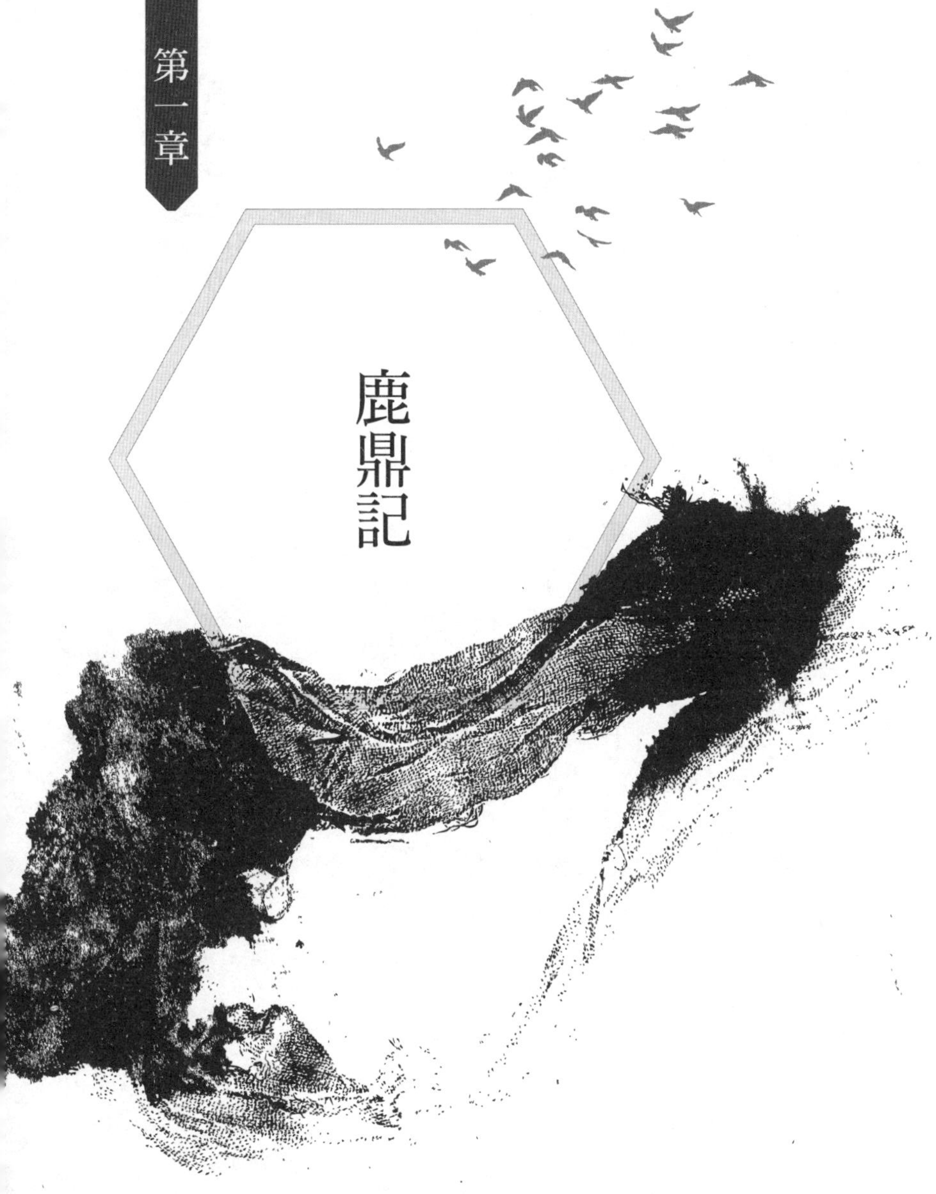

1 韋小寶這個人

再看了之後，仍然認為《鹿鼎記》是金庸作品之中，最好的一部。

認為《鹿鼎記》是最好的一部金庸小說的理由，已經在《我看》中提了出來，不再重複。

自然，有人同意，有人反對。

起初，以個人的看法來說，實在找不出何以有人認為《鹿鼎記》不是金庸小說中最好一部的原因。直到有一天，才恍然大悟。

◆韋小寶是好是壞？

那一天，在台北，有一個座談會，到會者有大學教授、報紙編輯、作家，全是身分非常的人物，自然，也全是金庸小說的愛好者。本人儼然以「金學專家」身分參加。這個「金學專家」身分，在後面敘到的一件事中，得到證實，不是自吹自擂的。

席間談論關於金庸小說，人人熱烈發言，一致推崇金庸武俠小說，不在話下，不必細表。等到話題轉到了《我看金庸小說》中，評《鹿鼎記》在金庸小說中佔第一位時，會場之中，立時分為兩派。

一派，大表贊成。

另一派，竭力反對。

有贊成，有反對，自然你一言、我一語，更加熱烈，本人聲音大而粗，搶著喝問：「不喜歡《鹿鼎記》，究竟為了什麼，乞道其詳！」

立時有一位女士應聲：「韋小寶這個人那麼壞！」

這才如醍醐灌頂，古人有霎時悟道者，當時情形也差不多，心頭恍然，原來不喜歡《鹿鼎記》者，是因為不喜歡韋小寶這個人！

在這裡，可以將話題一分為二。

先假定韋小寶這個人，真是壞到不堪救藥的地步，任何人一見了他，就可以將他一腳踩死，不但可以不必負殺人罪，還可以得忠貞救社會獎，那也絕不能因之而否定《鹿鼎記》的地位。

韋小寶是書中的一個人物，這個人物是作者創造出來的，作者要人物好，人物便好；要人物壞，人物便壞。作者如果創造了一個人物，叫讀者一看就討厭，就吃不下飯，睡不著覺，恨不得將他從書裡抓出來，狠狠修理一番，這正證明作者的成功，小說的成功。

不能因為一個小說主角的壞，而否定小說的地位，這道理再簡單也沒有了，似乎可以不必再討論。

值得討論的是：韋小寶這個人，壞在什麼地方呢？

當時，就將這個問題提了出來。

韋小寶壞，壞在什麼地方？

◆下三濫的行徑？

座談會的氣氛有點緊張，緊張得像法庭，要判決韋小寶究竟是好是壞。控、辯雙方，各自摩拳擦掌。

一仁兄首先發言，也詞正義嚴，身分若天下一十三省的武林盟主焉，曰：「他拿石灰撒人眼睛，這是下三濫的行徑！」

用石灰撒向人的眼睛，當然是下三濫的行徑，毫無疑問。可是，下三濫也是武林人物，而韋小寶在用石灰撒人眼睛之際，根本連下三濫也不是，只是一個小孩子，只有十二、三歲：

突然大堂旁鑽出一個十二三歲的男孩，大聲罵道……

然後，再看看當時韋小寶撒石灰的環境。

首先，韋小寶可以逃走：

他一步一步的退出圈子。眾軍官也不知這乾瘦小孩在這裏幹甚麼，誰也不加理會。……心想：「我快快逃走吧，還是在這裏瞧著？……茅大哥當我是好朋友，我若悄悄逃走，可太也不講義氣。」

當時，茅十八已受重傷，受人圍攻，情勢何等險惡！而韋小寶只是一個孩子，居然臨危不逃，單是這份氣概，已罕人能及！

辯至此，任何法官，皆不能判韋小寶「下三濫」的罪名了。

再看韋小寶出手時的情形，茅十八已到了生死關頭：

史松奉了鰲拜之命……手腕一翻，便將茅十八右臂砍落，準擬卸下他一條手臂……

面臨這樣重要關頭，韋小寶所參與的，根本不是武林高手決鬥，只是適逢其會，參加了一樁極嚴酷的爭鬥。一方是代表民間反抗力量的茅十八，另一方是滿洲大官鰲拜派出來的侍衛史松。（他才是真下三濫，學了武，投靠權貴，什麼東西！）就在這樣的情形下，韋小寶撒出了石灰，救了茅十八。結果，居然還捱了茅十八一頓痛打，茅十八所以只好做江洋大盜，胡鬧一起，自有他的道理，是個下下人物。

韋小寶後來故技重施，又撒了一次石灰。那時，他已久歷江湖，知道撒石灰會為人不齒，可是：

韋小寶眼見情勢危急，心想今日捨了性命也要相救師父。

為了救陳近南，韋小寶拚了性命下決心，大有我不入地獄誰入地獄的決心，已是鮮有人能及的忠勇了！

韋小寶是否下三濫，應毋庸議！

◆賭錢用騙術

又有一位先生大聲控訴：「韋小寶賭錢！」

不知道是應該長嘆一聲，還是應該哈哈大笑。如果可以從一個人賭不賭錢而判定這個人是好或壞，那麼，世上所有人，全是壞人。

在這裡，不妨略提幾句。賭，其實是人的天性。賭，是一種對前途不可知，只知有機會而不能有肯定結果的一種冒險行為。不妨閉目靜思一下，人類要是沒有了這種天性，還會有進步嗎？

仁兄不服：「韋小寶賭錢用騙術！」

韋小寶賭錢，倒是經常用騙術，一上手，灌有水銀的骰子，就像老朋友一樣。韋小寶用騙術，救了王屋山的一千反清義士，也用騙術，結交了不少朋友，他在賭中用騙術，不是求贏，而是求輸、救人，這當然不是「劣跡」了。

仁兄仍不服：「他連自己老婆也騙，在島上和眾妻賭錢出騙術！」

「金學專家」的身分受到了考驗，閉目略思，不超過一秒鐘，立時斬釘截鐵答：「沒有這件事，你記錯了！」
「有！」仁兄堅持。
「沒有！不信請問原作者。」
「沒有！」金庸笑答。
仁兄當時不服，性格真可愛，連金庸說沒有也不服，後來回去，硬是翻書來查，若干日之後再問，才承認那是對韋小寶的「誣陷」。

◆一夫七妻，愛情沒有道理

韋小寶還有什麼劣跡呢？
一位女士理直氣壯：「韋小寶娶了七個老婆！」
這真怪，娶七個老婆是罪行乎？當然是，如果這七個老婆，全是強搶來的，那簡直是犯了滔天大罪，這種人可以一腳踏死。
也當然是，這七個老婆，如果是花錢買來的，也犯了大罪，可以亂棍打死。

更當然是，這七個老婆如果是拐來的，也犯了大罪，該凌遲。

也更當然是，這七個老婆，如果其中有不是死心塌地跟他而硬留下來當老婆的，一樣犯罪，至少得受宮刑。

可是韋小寶的七個老婆，卻全是心甘情願跟定了他的，對韋小寶都有真摯的情意，一夫七妻，其樂融融，通吃島上的旖旎風光，求諸人間，幾不可再得，那麼韋小寶何罪之有呢？

韋小寶的七個妻子之中，雙兒是死心塌地，愛韋小寶之深，不必說了。曾柔在當日營帳一見，已然情絲暗牽，一直保存著三粒骰子，不知經過了多少夜相思，誰要是不讓她當韋小寶老婆，她會拚命。阿珂是拚了命追求來的，韋小寶幾次讓阿珂做自己決定的選擇，阿珂還是選了韋小寶。公主自行投懷送抱，和韋小寶「初試雲雨情」。沐劍屏的情形，和曾柔相彷。方怡和韋小寶的戀愛過程相當曲折，幾次將韋小寶害得死去活來，最後也心甘情願。

蘇荃的情形比較特殊，韋小寶得到蘇荃，靠了環境的幫忙，一張大床從麗春院抬出來，床上事情如何，不可深究，蘇荃就此失身。但是，蘇荃的情形，真的很值得拿出來研究一下。

先說蘇荃的年紀：

那女的卻是個美貌少婦，看模樣不過二十三四年紀，微微一笑，媚態橫生，艷麗無匹……

再看蘇荃原來的丈夫神龍教主洪安通：

年紀甚老，白鬚垂胸，臉上都是傷疤皺紋，醜陋已極。

蘇荃是怎麼變成教主夫人的？她心中對這個教主夫人的感受又如何？

「我很久很久以前，我心中就在反你了。自從你逼我做你妻子那一天起，我就恨你入骨。」

唉，蘇荃被逼那一年，當只有十五、六歲，正是一個少女一生之中最美好的時刻。

蘇荃被逼當洪安通妻子那年只有十五、六歲，也有根據：

洪教主近年來修習上乘內功，早已不近女色。

逼少女為妻，當然還是近女色的時候，已十多年不近，蘇荃那時不過三十歲，可知被逼時，只有十五、六歲而已。

蘇荃和洪安通之間，也早已沒有了正常夫婦應有的性生活，蘇荃在當教主夫人的悠悠歲月中，不知經過了多少咬牙切齒的痛恨，也不知經歷了多少柔腸寸斷的苦楚。只說說人道的立場，能不同情蘇荃的，本人送他一個秤錘！

而她對韋小寶的感情如何呢？在經過了特殊情況之後，她懷了孕，當被逼問時，蘇荃的神情如畫：

……忍不住斜眼睛向韋小寶瞧了一眼，臉上一陣暈紅。

唉，是白痴也可以看出，那一陣暈紅，是蘇荃最美的時刻，一個女人，唯有在心頭最甜蜜之際，才能有這樣美麗的神態！

蘇荃在韋小寶身上找到了愛情，那是她最大的幸福。韋小寶的七個妻子，全在她們丈夫處得到愛情，那是她們最大的幸福。

韋小寶娶七個老婆，只要局內人心甘情願，而外人吹縐一池春水，硬要打抱不平，將七個妻子中任何一個硬拉出來改嫁，叫她一夫一妻，被拉出來的不論是誰，都會自殺！

韋小寶一夫七妻，男讀者有異議者較少，女讀者有異議者極多，主張女權者尤甚。其實，那和女權、女人地位完全無關，是男女間愛情的問題。

愛情是沒有道理可講的，也絕不能以一己的想法，強加在他人身上。若是有七個女人，硬是要跟定一個男人，旁觀者至多嘖嘖稱奇，不可用實際行動去反對，不然，反而破壞了他們的幸福。

通常來說，一個男人，能給一個女人以幸福，已經難得，若韋小寶者，真是偉大。若認為男女間愛情只能在「道德」的框框中發生、進行，那無話可說，不必再作辯了。

◆一身全是術

座間又有人大聲疾呼：「他不學無術，全憑運氣好，居然登上了這樣高的地位！」

噫！韋小寶不學乎？無術乎？

首先，可以肯定的是：一個人，能夠居高位、發大財，或叱吒風雲，或領袖群倫，或為文學家，或為科學家，或為運動健將，或為圍棋國手，等等。總之，一個人能成功，絕非偶然的。

在旁人看來，有很多人的成功，是因緣際會，是運氣好，是機會來了，等等。但實際上，每一個成功的人，都有他獲致成功的因素在。

像韋小寶，是一個成功的人物，他給人的印象是「不學無術」。然而那只是表面的印象，認識深一層，就可以知道韋小寶不但有學，而且有術。

韋小寶是沒有「學」，沒有死學，而有活學，沒有表面的學，而有內在的學。他不知道「一言既出什麼馬難追」的那匹馬究竟是什麼馬，可是知道一言既出不可反悔的道理。這比能將「駟馬」兩字，龍飛鳳舞寫出來，得到書法冠軍而講了話又不算的人強多了吧？

韋小寶深通做人之道、交友之義，精嫻賭博之理、用兵之策，熟練應對之法、奉君之方。韋小寶一身全是術，這些術，少了哪一點，都無法使他爬上高位。

像韋小寶這樣的人物，並不是小說中的幻想人物，而是現實社會中的一種典型。古今中外的現實社會中，都有這樣的人物在。表面上看來，他大字不識，連自己名字也不會寫，可是實際上，處世應變才能之高，當機立斷決策之明，冒險時的無畏，投機時的狠勁，都是這一類型人物的本領。這類本領，知識份子是沒有的，知識份子的性格，絕大多數與這類人物恰好相反，也最容易看不起這類人物，在心中嫉妒這類人物。

每一個人的一生之中，都會出現無數次可以導致大成功的機緣，能不能把握這種機緣，卻要靠遇上機緣的人性格來決定。

◆真人性格：頗有點打不定主意

再以韋小寶為例，他一生多姿多采生活的開始，是源自茅十八帶了他進皇宮。在這一件事件上，韋小寶可以有兩個選擇：

韋小寶心中閃電般轉過一個念頭：「我若得了這三千兩銀賞銀子，就可替媽贖身……」

如果他選擇了這條路，當然不會有以後的事。三千兩賞銀，對一個窮孩子來說，已經是天文數字了，但是韋小寶並沒有選這條路。

韋小寶並沒有選去領賞銀的路，是由於：

「出賣朋友，還講甚麼江湖義氣？」

但韋小寶畢竟是人，有著人性的弱點，他是金庸筆下一個真正的人，是真人，不是假人，所以他在面臨抉擇之際，不是沒有矛盾，不是勇往直前、義無反顧。和一般武俠小說中的人物，大不相同。一般武俠小說中的人物，一提到為朋友、講義氣，一定是「兩肋插刀，眉都不皺」。這樣的人物，實際上是沒有的。

韋小寶不是那樣的人物，他只是一個普通人，所以他才會猶豫：

「倘若真有一萬兩、十萬兩銀子的賞格，出賣朋友的事要不要做？」頗有點打不定主意。

這一小段描述，真正觸及了人的靈魂、思想。每一個人都有價格的，所差別的只是數目不同。這樣的事，講穿了其實很殘酷，也很醜惡，但事實卻是如此。良家婦女往往譏笑妓女為了錢而陪男人上床，也不過是價錢問題而已，再講深一層，就沒有意思了。

所以，韋小寶這個人，有人性的弱點。金庸透過靈活的文字，極其深刻地表現了人性的這種弱點。雖然韋小寶後來並沒有出賣朋友，甚至為了朋友而不惜拋棄了榮華富貴，但那也是由於他棄官而去之後，還可以極好的過日子。如果一棄官就要殺頭，或者再到妓院去做小廝，只怕他也會再一次「頗有點打不定主意」。

每一個人的內心，在面臨抉擇之際，都會有打不定主意的時候。這是人性的弱點。所有的道德教育，全為了糾正這種弱點而設。但是事到臨頭，是道德教育的力量大，還是人性弱點的力量大，也真難說得很。韋小寶沒有受過道德教育，反倒時時戰勝人性弱點，真是難能可貴。反觀現實世界中，多少道貌岸然之士，多少滿口仁義道德的人，暗地裡在做著什麼？豈止是「有點打不定主意」，簡直是立定了主意，只為自己的利益著想。

習慣在小說中看到道德完美無缺的人當主角，一看到了一個油腔滑調、表面上不學無術的人，居然成為主角，會很不習慣。金庸敢於寫了這樣的一個人，寫了這樣的一部小說，正是他的大成功之處。

2

豐富莫名的情節

《鹿鼎記》情節之豐富詭異，在金庸小說之中，佔第一位。

金庸武俠小說的優點，不在情節的曲折離奇，而在於人物性格的活現。由於寫人物成功，所以環繞在人物身邊發生的小事，都可以成為驚心動魄的事，令讀者以身處其中，關心、緊張、悲傷、歡愉。一個成功的小說人物，可以完全操縱讀者的情緒。故事情節的曲折離奇，反倒可以居其次。

故事情節的曲折離奇可以居其次，並不是說可以不要。事實上，金庸武俠小說的故事情節，大多曲折，不過論詭異莫測，還是以《鹿鼎記》為最。

◆武俠小說主角不會武功

《鹿鼎記》由於主角人物韋小寶並不是一個武功超絕的人物，所以在詭異的情節上，格外難以安排。

武俠小說的主角，如果有一個從不會武功到武功卓絕的過程，在這個過程之中，就可以安排許多許多匪夷所思的情節。但是韋小寶沒有這個過程，而整部小說的情節詭異，猶在金庸其他作品之上，《鹿鼎記》能在金庸作品中排名第一，豈偶然哉！

金庸在寫《鹿鼎記》之初，創作意圖上，還未能脫離舊窠臼，從開始的一連串安排上，可以看得出，金庸還是有安排韋小寶變成武學高手的意圖，但是寫到了一小半之後，創作意圖改變了，覺得可以來一個大突破，開武俠小說從來未有之奇。索性讓韋小寶這個人，一直武功低微，除了「神行百變」的逃命功夫之外，只給他一柄匕首、一件背心，讓他可以保命就算數。就憑這個改變後的創作意圖，我們才能讀到像《鹿鼎記》這樣出類拔萃的武俠小說。

◆奇絕曲折，驚心動魄

《鹿鼎記》的情節，由江洋大盜茅十八開始，開始時是平常得很，一個江洋大盜，不自量力，要和滿洲第一武士去比武。由茅十八引出了韋小寶，也未見精奇。但是一到海老公出場，就奇峰突起。

韋小寶混入宮中，冒充小桂子，毒瞎海老公的眼睛，這些情節，已經看得人目不暇給。及至韋小寶和康熙打架、相識，更是奇絕。

在韋小寶和康熙的相識過程之中，以及日後這兩個人在感情上的增長、利害上的衝突、事業上的結合、民族上的矛盾，始終貫徹全書。可是最感人的，還是兩人之間的那份感情。

康熙是皇帝，雄才大略，地位之高，天下第一。這樣的一個人，可以視為地位極高的成功人物的典型。這樣的人物，不論他看來多麼高不可攀，但是他也是人，也一樣需要朋友。然而在這樣地位的人，也最難交朋友。圍繞在他周圍的人，恭維、阿諛唯恐不及，恭敬、戰慄就怕不夠。地位越高、財富越多、權勢越大的人，在友情這方面，就越是寂寞淒清。而康熙就是在這樣的心情之下，得到了韋小寶一個朋友，終康熙一生，不論他政績多麼輝煌，真正的朋友，也只有韋小寶一人而已。同樣的，獨臂神尼九難的武功之高，也到了極點，但真正能令她感到友情溫暖的，也只有韋小寶一人而已。

在韋小寶和康熙相識之後，《鹿鼎記》情節之起伏曲折，已經令人嘆為觀止，這一階段，集中在海老公和太后之爭。在這裡，金庸已經伏下了「神龍教」一線。連太后都可以是假的！宮闈秘事，寫到這種程度，已經至於極點。《書劍》中的乾隆是漢人，還不及這一節驚心動魄。

◆變幻莫測，超乎想像

韋小寶在宮中擒鰲拜的一節，和後來韋小寶殺鰲拜這一節，也極其重要，不但引出了天地會，使韋小寶成了天地會的香主，形成了後來主要的矛盾衝突。而且，還使莊家的寡婦感恩，引出了雙兒。雙兒和韋小寶以後的經歷，是書中的大情節，一環扣著一環，緊密之極，堪稱天衣無縫。

在皇宮中，韋小寶和沐劍屏、方怡發生了聯繫，這兩個人，竟然全是神龍教的人物，以致韋小寶被方怡所騙，到了神龍教的總部，真是異峰橫生，突兀之至！

韋小寶在皇宮中，也不是一帆風順的，好幾次險死逃生，每一次都叫人心驚肉跳，絕處逢生。落在肥宮女柳燕手中，落在假太后手中，最危險的，是落在有著性虐待狂傾向的建寧公主手中。但憑著韋小寶的機智，每次都能逢凶化吉，看得人緊張得喘不過氣來之餘，又眉飛色舞。

建寧公主這個野性十足的人物，也奇妙之極。她心理顯然不正常，喜歡虐待人。她並不是真正的公主，是假太后毛東珠所生，父親是在五台山出了家的順治，還是神龍教的高尊者，書中也寫得甚是含糊，屬於不可深究這一類。

總之，她是一個身世不明的人物，但是卻在皇宮中以公主的身分生活，怪不可言。康熙將她當作政治本錢來運用，送她到雲南去嫁吳三桂的兒子吳應熊，可是不到雲南，她已經和韋小寶「偷試雲雨情」，見了吳應熊，竟然一刀將吳應熊閹了。情節變幻之奇，到了這一地步，真是嘆為觀止了。

《鹿鼎記》中，韋小寶對阿珂的追求，也引出不少奇幻莫測的情節。由阿珂，引出了獨臂神尼九難，引出了吳三桂，引出了痴情的美刀王，引出了鄭克塽。而鄭克塽又和天地會陳近南發生千絲萬縷的關係，錯綜複雜，簡直無法做最簡單的敘述，但是原文條理分明，絲毫不亂。若有誰告訴本人，當世小說作者之中，還有誰再像金庸那樣處理如此複雜曲折情節的本領者，本人請他喝酒。

以上所舉，已經是曲折離奇之極，但還只不過是《鹿鼎記》曲折情節中的開始。到「神龍教」，到俄國公主蘇菲亞的出現，到韋小寶和帝俄談判、打仗，再上溯順治在五台山出家，董鄂妃的離奇慘死，又環繞神龍教的內爭，麗春院之中的政治風浪和大床上的「胡塗帳」，再到天地會和康熙之爭，韋小寶處在夾縫之中，再到天地會中的奸細，真是一個浪頭接一個浪頭，一絲一毫的冷場都沒有，每一個高潮，都可以看得人如痴如醉。包括的範圍之廣，描寫的人物之多，牽涉的故事之繁，有關的情節之奇，構成了《鹿鼎記》這部奇書。

《鹿鼎記》在金庸作品中可以排名第一，絕非偶然！

3

武功描述

別以為《鹿鼎記》中的主要人物康熙、韋小寶武功平常，就沒有了出色的武功描述。《鹿鼎記》和其他武俠小說不同處，並不是少了武功描述，而是多了其餘的構想和情節。例如歷史事件的想像，政治變幻的無情，官場的百態，等等，所以《鹿鼎記》的地位，在金庸別的作品之上。

◆誰的武功最高？

《鹿鼎記》中，誰的武功最高？這是一個很有趣的問題。在金庸的武俠小說之中，很容易找出一個武功最高的人物來。如《射鵰》中的郭靖，《神鵰》中的楊過，《笑傲》中的令狐冲，《倚天》中的張無忌。但在《鹿鼎記》中，卻很難找出一個這樣的人物來。

在《鹿鼎記》中，武功高強的人物有獨臂神尼九難，有神龍教主洪安通，有天地會的陳近南，有少林寺的高僧，有神拳無敵歸辛樹，還有自《碧血劍》中延續下來的何惕守，西藏的桑結喇嘛等等。

最妙的是，其中有一個高手，作為驚天動地，武功罕有敵手，可是卻是一個白痴，那是歸辛樹、歸二娘的兒子歸鍾。

這些高手之中，誰的武功最高？無可奉告，因為各有各的能耐，但是高手始終未曾正面對敵過，也未曾有「華山論劍」這樣的機會，給他們一較高下，所以究竟誰武功最高，也只好各論各是。

照全書看來，這眾多高手之中，武功最高的應該是獨臂神尼九難。

提起獨臂神尼這個人，在武俠小說之中，大大有名，倒不是金庸首次將之收入武俠小說之中。這位明朝末代皇帝崇禎的女兒，長平公主，自從被她父親砍掉了一條胳膊之後，就成了武俠小說中的熱門人物。

最著名的有關她的記述，是「明清八大俠」。明清八大俠中，有不少大家耳熟能詳的武俠人物，如白泰官，如甘鳳池，如呂四娘，一共有八個人，年紀、資格最老的一個是了因禪師，這個了因禪師，是一個叛徒。明清八大俠，全是獨臂神尼的徒弟。

獨臂神尼的武功是從哪裡來的，也不可考，只知道她斷臂，自宮中逃出來，忽然再出現，就成了武林高手，以前寫小說的人，對於她何以能在兵荒馬亂之中，斷了手臂，受了重傷，竟能不死，還收了一個和尚做徒弟，不倫不類之至，也未有交代。

金庸早在《碧血劍》之中，就已經寫過這位公主，但落墨不多，寫她在江湖上胡鬧，又在深宮描繪袁承志的像，表現了一些少女情懷。到了《鹿鼎記》之中，武功非凡，已是絕頂高手，偷了吳三桂的女兒，做了不少事。

金庸完全沒有採用明清八大俠的事，連提都沒有提。這是金庸的聰明之處。反正所謂明清八大俠，也是人創造出來的人物，他人既然可以創造，自己為什麼不能？何必去拾人餘唾？

◆揉合驚險緊張與佻皮輕鬆

九難在《鹿鼎記》中出手不多，第一次出現，是行刺康熙，讀來驚心動魄，如迅雷不及掩耳：

……那人左手衣袖疾揮，一股強勁之極的厲風鼓盪而出，多隆等七八人站立不穩，同時向後摔出。

接著是……

少林寺澄字輩的僧人各施絕技化開，可是眾僧的虎爪手、龍爪手、拈花擒拿手、擒龍功等等，卻也沒能抓住此人。眾僧驚詫之下，都是心念一閃：「天下有如此人物！」

「天下有如此人物！」出自武林泰山北斗、少林寺眾高僧之口，那自然是非同小可。

九難行刺康熙不成，抓了韋小寶就走，眾人追趕不上，這是極其驚險的一段情節，可是接下來，妙筆生花，出人意表，韋小寶發現抓走他的是尼姑而不是和尚！

韋小寶心中一喜：「尼姑總比和尚好說話些。」

尼姑何以會比和尚好說話，這個問題，普天下沒有人回答得出，連金庸也回答不出。而事實上，尼姑也沒有道理總比和尚好說話。這樣一句話，來小結一段驚險絕倫的情節，又突兀，又具有奇趣。

其所以特地舉出這一個例子來，是因為《鹿鼎記》一書，通篇的寫法大多類此，將驚險緊張和佻皮輕鬆，揉和在一起，將歷史事實和創作混在一塊，一會兒莊嚴肅穆，一會兒嬉皮笑臉，隨心所欲，不受拘束。金庸在寫《鹿鼎記》的時候，「武功已臻化境」，可以不受拘泥了。所以不但娛樂讀者，也娛樂自己。

正因為《鹿鼎記》的筆法如此，所以看《鹿鼎記》的人，千萬不可執著。一執著，就上了作者的當，也完全不能領略《鹿鼎記》的好處了。

九難和桑結喇嘛，也有一場大戰，這場大戰，由於韋小寶的偷襲而告終結，倒並沒什麼特別之處。

◆「美人三招」與「英雄三招」

精采的武功描述，是神龍教主洪安通和夫人的「美人三招」和「英雄三招」。在金庸的武俠小說之中，武的描述，當然是精采部分，但是最精采的招式，還是「美人三招」和「英雄三招」。

降龍十八掌當然精采，但「亢龍有悔」是什麼樣子的？如何使法？

玉女劍法只是「輕逸飄蕩」，一劍一招如何使法？

七十二路空明拳又是怎樣的？

獨孤九式的動作如何？

都不能具體地回答得出來。

由於武俠小說作者本身都不是武術專家，金庸也不是，所以武功方面，誇張來寫，具體動作如何，不可深究，只知其威力過人就是。

然而「美人三招」卻是全然有根有據，每一個動作都有細節描述，可以照著做出來的。

真不知當時金庸是如何想出來的，據說巴爾扎克寫到高老頭臨死之際，真有死的感覺，那麼，金庸寫到「美人三招」和「英雄三招」之際，一定也曾照所寫的動作比劃過，不知道當時是否有人在旁看到？若能看到金庸手比足劃，也是一大奇觀。

這三招的第一招是「貴妃回眸」：

> 洪教主……緩步走近，突然左手一伸，抓住了夫人後領，將她身子提在半空……洪夫人順勢反過身來，左手摟住教主頭頸，右手……握住了匕首，劍尖對準了教主的後心。

以後每一招，都有極詳盡的動作描寫，而且寫得合情合理，真正可以做得出、學得會，其中的詳細描述，請看原著，不再抄書。

「美人三招」和「英雄三招」，後來曾經韋小寶反覆使用，可是韋小寶根本沒有學會，使出來總是不對勁，部位力道，全然拿捏不準。但由於這六招攻敵之不備，攻敵之要害，每一招都是在被敵所制的危急情形下發揮作用，反敗為勝，所以縱使用得不好，武學的道理還在，總還多少有點用處。

讀者要注意的是，「美人三招」和「英雄三招」，其實不是洪安通和蘇荃所創，是金庸創造的。金庸會武功嗎？肯定不會。為了避免數百十年後，後世看了這六招再來爭論這個問題，再說一次，金庸本身，肯定不會武術。但為了寫這六招，相信一定看了極多的參考書。「美人三招」之中，就有柔道的基本法則在。

◆三大法寶

《鹿鼎記》中和武功方面有關的，還有幾件相當奇妙的東西。其一是刀槍不入的背心，一共是兩件，作用如同《射鵰》中桃花島鎮島之寶軟蝟甲。其色黝黑，究竟是什麼質地，也不得而知。背心的作用甚大，沒有它，韋小寶死了不止一次，《鹿鼎記》也寫不下去了。

其二是一柄鋒利無比的匕首，和背心一樣，也是鰲拜家中找出來的，作用也極大，沒有它，《鹿鼎記》也寫不下去。

這一件背心、一柄匕首，起著「神仙」的作用。本來，在武俠小說中，這種東西相當普通，但出現在像《鹿鼎記》這樣出類拔萃的小說之中，應該算是敗筆。曾經想過，是不是可以用別的物事、事件來代替。應該可以，本人自然想不出，金庸應該可以想得出。

其三是「化屍粉」。「化屍粉」也是武俠小說中的常客，可是究竟是什麼玩意，誰也說不上來，在《鹿鼎記》中作用也甚大，是韋小寶的三大法寶之一。

4 人物

在《我看金庸小說》中，寫《鹿鼎記》的人物部分，極其簡單，有許多提也未曾提及，在這裡可以略作補充。

◆美刀王胡逸之

這位胡先生，是金庸小說中最為奇怪的一個人物，也是在金庸小說中獨一無二的人物，在其他小說之中，找不到同樣的例子，甚至連影子也找不到。

這位胡先生外號人稱「美刀王」，「名聞四海、風流倜儻」。但「名聞四海」是實，「風流倜儻」肯定是浪得虛名。或許他年輕時貌相英俊，但風流恐怕未必。

大凡來說，風流人物，未必專情，但是胡先生之專情，已到了駭人聽聞的地步，可以說是古今中外第一情痴。能和「古今中外第一大漢奸」、「古今中外第一大反賊」等並列而無愧。

胡逸之先生，只不過「無意之中見了陳圓圓一眼」，從此便「神魂顛倒，不能自拔」。

他「不能自拔」到什麼程度呢？二十三年，陳圓圓女士到哪裡，他就跟到哪裡。二十三年來，和陳女士講了四十九句話。這四十九句話中，可以肯定絕不會有「我好愛你」在內，至多不過是「今天天氣」而已。

而胡逸之對陳圓圓的這種情意，別說韋小寶不了解，只怕世上濁男子，也沒有一個了解的：

「我對陳姑娘的情意。我這一生一世，決計不會伸一根手指頭兒碰到她一片衣角……」

北方話說：那圖什麼許呢？

胡逸之對陳圓圓的情意，是全然無可解釋的，說他痴，他又清醒，說他清醒，他又痴。胡逸之的愛情觀，令我輩不但想碰所愛的人衣角，而且想將所愛的人摟在懷中、盡情親熱的男人，不知是羞是愧，是哭是笑才好。

承認胡逸之清，清得無處染塵，是上上人物。

但如果普天下男子，全像胡逸之那樣，對付自己愛之已極的人，連衣角也不去碰一下，那只怕世上女人要起來造反了。

胡逸之根本不懂女人，其笨如豬，又是下下人物了。

胡逸之愛陳圓圓，在書中，和韋小寶愛阿珂，其實是作者有意安排的一個強烈對比。

韋小寶追求阿珂，用盡手段，非達到娶阿珂做老婆的目的不可，胡逸之則全然相反。

如果有人說，胡逸之高尚、道德、君子，韋小寶下流、無恥、流氓。那倒要請問，被這兩人所愛的對象，是遇到了誰更幸福快樂？天下女子，若是生理、心理正常者，只怕皆就流氓而遠君子吧？

在胡逸之和韋小寶的對比上，也可以看出去掉了對他們兩人的形容詞之後，誰更可愛一些。

◆兵部尚書明珠

《鹿鼎記》中寫了許多官場百態、為官之道，可以以兵部尚書明珠為代表。康熙召集群臣，商議撤藩，各人意見不一，這個深諳做官之道的明珠的發言，精采絕倫，可以作為厚黑學的另一章，這段發言，請看原著，相當長，約有五百字。

明珠發言之精采，是因為他深深懂得當皇帝者的心理。天下皇帝再英明，如康熙，已經可以說是中國歷史上四百多個皇帝之中的頭挑人才了，但一樣是自以為是，喜歡聽阿諛之詞，自以為「天縱英明」的。明珠應對發言，摸準了他的心理，連韋小寶聽了，也不禁感嘆：「滿朝文武，做官的本事誰也及不上這個傢伙！」

這個人物，在《鹿鼎記》中無足輕重，其所以將之提出來，是藉此可以看到金庸在寫《鹿鼎記》時，處處不忘調侃世情的一種筆法。

「再看」之後，《鹿鼎記》是金庸小說中最好的一部，信念益堅。

5

大床春光

《鹿鼎記》中，最有趣、最春光無限的一段，是在揚州麗春院的大床上。韋小寶當了欽差，衣錦還鄉，剛好阿珂來了，方怡來了，沐劍屏來了，蘇荃來了……韋小寶的七個老婆，全被韋小寶抱到了床上，而韋小寶則：

大叫一聲，從被子底下鑽了進去。

這一「鑽了進去」的結果是，洪教主夫人蘇荃懷了孕，引致後來在神龍島上，東窗事發，韋小寶幾乎喪命。

這一段，在舊作之中，寫得十分含糊，「大叫一聲，自被子底下鑽進去」之後，就沒有了下文，接下來，就是大床從麗春院中抬了出來。讀者每引以為憾，不知其間精采過程如何。

而且，如果其間的時距太短，似乎也不能令得兩個女人懷孕。

這次寫《再看》，答應出版社，年底之前一定交稿。恰好有事來台北，寫了三萬字，還有五萬字，是在台北寫的。金庸特託沈登恩先生將《鹿鼎記》的修訂本的有關這一段，影印帶來，作為參考。

修訂了之後，還是沒有細寫——當然不能細寫，要是細寫起來，可以寫一本《新肉蒲團》，但在時距方面，有了訂正：

胡天胡帝，也不知過了多少時候，桌上蠟燭點到盡頭，屋中黑漆一團。

蠟燭就算從一半點起，點到盡頭，也可以超過一小時，何況「點到盡頭」之後，「黑漆一團」，正是又不知過了多久！床上七個女子，真是任由韋小寶風流快活，「為人若此，庶幾近矣」，天下男人，羨煞妒煞！

這一段，不但春光旖旎，連筆觸也是極風趣，在金庸所有小說之中，可以說第一。

金庸小說之中，風趣的文字極多，是金庸小說的一大特色之一，很簡單的對白文字，但其上文下義一連結起來，再和講話的人身分一配合，可以看得讀者忍不住哈哈大笑，輕鬆有趣，莫此為甚。可以說，任何用中文寫作的小說中，都找不到像金庸小說中這樣輕鬆滑稽的文字，而這一類文字，由於《鹿鼎記》中有韋小寶這樣的一個人物在，所以也特別多，這也是《鹿鼎記》成為古今中外第一好小說的因素之一。

一九八〇・十二・十八　台北，林肯大廈

第二章

天龍八部

1 段正淳

◆貫串全書的重要人物

再看了一遍《天龍八部》，發覺段正淳這個人，對整部書來說重要無比，他有貫串全書的作用，甚至可以說，沒有段正淳，就沒有《天龍八部》，但奇的是，段正淳又絕非《天龍八部》的主角，通書結構之奇妙，由此可見一斑。

若是各位自詡熟讀金庸小說，那麼問一個問題，試試是不是可以答得上來。

問題是：虛竹和段正淳，有什麼親屬關係？

回答：虛竹和段譽是拜把兄弟，所以段正淳是虛竹的叔叔。

虛竹當然應該稱段正淳為叔叔，但那是「乾親」，不是親屬關係，所以這個答案不算對。

正確的答案如何？複雜之極，暫時不能揭曉，先要看看段正淳這個人，在《天龍八部》中所佔的地位，以及他和《天龍八部》中主要人物的關係。這可以以段正淳為中心，列一張表，來說明《天龍八部》中重要人物和他的親屬關係，這人物表請參下頁。

這個以段正淳為中心的人物表，每一個人名之下（直線下）的人物，直接和這個人名發生關係，他們的關係，表明在括弧之中。

中國人的親戚關係，極其複雜。像王夫人和慕容復，關係是什麼呢？慕容復稱王夫人為「舅媽」，王語嫣稱慕容復為「表哥」。慕容復是王夫人的外甥？

「舅媽，甥兒叩見。」是慕容復的話。

那麼，王夫人的丈夫，應該是慕容博夫人的弟弟。慕容博夫人姓什麼，在書中漫不可考，也不重要。

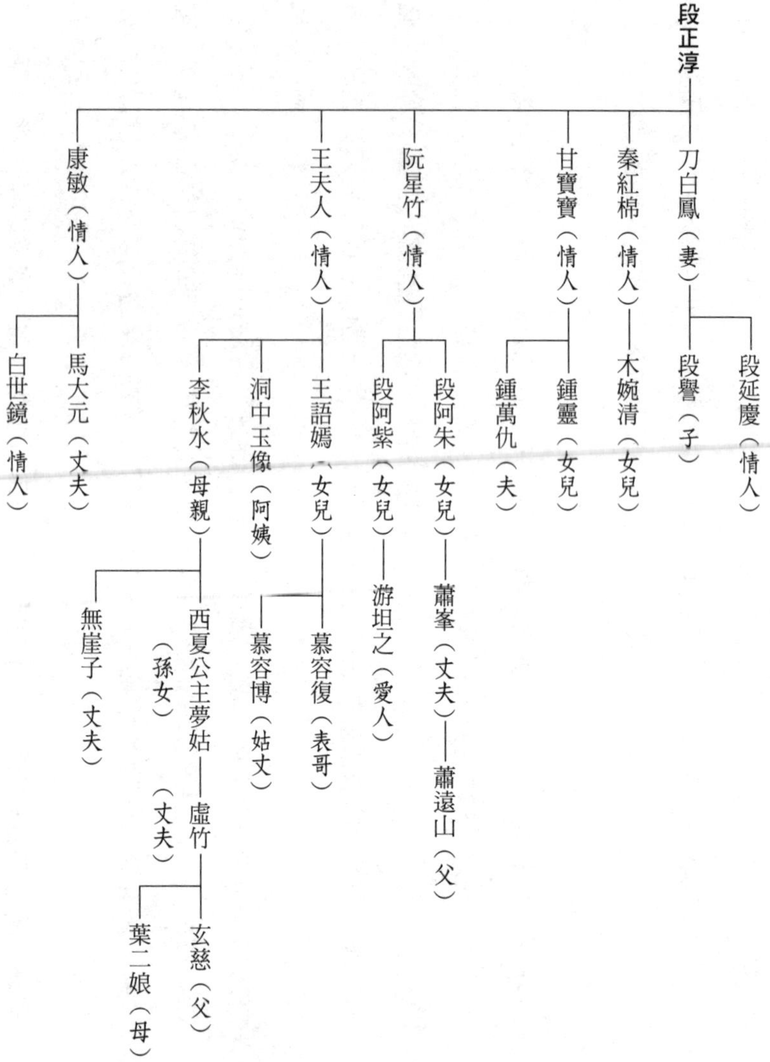
段正淳
刀白鳳（妻）
段延慶（情人）
段譽（子）
秦紅棉（情人）
木婉清（女兒）
甘寶寶（情人）
鍾靈（女兒）
鍾萬仇（夫）
阮星竹（情人）
段阿朱（女兒）
蕭峯（丈夫）
蕭遠山（父）
段阿紫（女兒）
游坦之（愛人）
王夫人（情人）
王語嫣（女兒）
慕容復（表哥）
慕容博（姑丈）
洞中玉像（阿姨）
李秋水（母親）
西夏公主夢姑
（孫女）
虛竹
（丈夫）
玄慈（父）
葉二娘（母）
無崖子（丈夫）
康敏（情人）
馬大元（丈夫）
白世鏡（情人）

王夫人的母親是李秋水，山洞中有搖籃，就是王夫人小時候睡的。李秋水是西夏皇太妃，西夏公主夢姑是她的孫女，虛竹是夢姑的丈夫。

算起來，一表三千里，虛竹應該叫王夫人一聲「表姨」，段正淳是虛竹的「表姨丈」。

這裡還有一個附帶的十分有趣的問題。夢姑的容貌如何，一直不為人所知，首先出場是在黑暗之中，後來就一直蒙面，也不知是媸是妍，以虛竹的性格而論，這位夢姑，就算醜如嫫母無鹽，虛竹也必然愛之入骨，永世不貳。不過如今既然知道夢姑和王夫人、王語嫣全有表親關係。「三代不出舅家門」，模樣兒縱使不如王語嫣，也不會醜陋到哪裡去，足可以為虛竹和尚慰！

◆集怪、妙、趣、奇於一身

段正淳在《天龍八部》中地位之重要，已在人物表中可以看出來。書中的主要人物，幾乎都和他有親屬關係。

段正淳在《天龍八部》中並非主角，但是又絕少他不得。少了他，《天龍八部》就無法成立了。

段正淳這個人，真是怪人、妙人、趣人、奇人。他的怪、妙、趣、奇，在在至於極點。他最大的本領，就是善於勾搭女人，而被他勾搭了的女人，都會死心塌地愛他、想他、恨他，感情複雜之極。無不以能和他一起生活為樂，而以不能和他一起生活為苦。

這一點，甘寶寶的話可以作為代表：

段正淳在她耳邊道：「你跟我逃走！我去做小賊、強盜，我不做王爺了！」甘寶寶大喜，低聲道：「我跟你去做小賊老婆，做強盜老婆。便做一天……也是好的。」

可知段正淳能吸引那麼多女人，對他懷有刻骨銘心的愛，不是靠王爺的身分。古時，生活簡單。豪門巨富在愛情上，在勾引美女時所佔的上風，不如現代社會之甚。有時，窮小子反倒更可以佔上風。

這情形，現代社會恰好相反，豪富大賈，季子多金，出手豪闊，享受超絕，挽美女如拾草芥，很容易成為「大情人」。

可是看看和段正淳來往的那些女子，誰也沒希罕做王妃。甘寶寶一聽到段正淳要去做小賊、強盜，甚至於「大喜」，要做小賊老婆、強盜老婆，「一天都是好的」！

段正淳究竟憑著什麼，能使這麼多女人，對他有這樣深厚的愛情呢？是他的外形特別好？不妨看看他的外形：

一張國字臉……濃眉大眼。

木婉清第一眼見到他的印象是「兇霸霸」，慶幸段譽一點也不像他爸爸。「國字臉」者，四方臉也。一個四方臉的人，再配上濃眉大眼，絕非「小白臉」之流，男性威嚴，倒是有的，但威嚴是足以使人敬，何能使人愛？

段正淳的體型倒是好的，一來他練武，二來他養尊處優：

露出雪白的肌膚來……肩頭肌膚仍是光滑結實。

然而那也決計無法成為吸引女人的優點，總不成一見女人，就自動脫衣，展露「雪白的肌膚」！

書中敘及段正淳討女人歡心的辦法，全是一些「小噱頭」。例如總是記得第一次見面時講了些什麼話，將定情時的東西總帶在身邊，不論相隔多少年，可以隨手取出來，等等。

這種手法，騙騙鄉下少女如甘寶寶者還可以，如何可以贏得機警深沉如康敏的芳心？又如何能贏得兇悍狠辣、精明能幹如王蘿的芳心？

然而，段正淳靠的是什麼呢？

◆最好的情人，最熾熱的愛情

書中其實也寫得很明白，他能贏得女人的心，是用真正的、熾熱的愛情。而且他表達愛情的方式，是極其風趣、活潑的，使得每一個女人，都認識到，能和這樣的男人在一起，是最大的幸福。表現愛情的方式，十分重要。像鍾萬仇那樣，誰也不能說他沒有愛，可是他的表現方法，誰受得了？而段正淳也絕不是存心欺騙，他的確愛著每一個他所愛的女人，而且他是一個感情極其豐富的男人，雖然不夠專情，但即使是濫情，他仍然是最好的情人。

這樣的男人，現實生活中自然也有，但是絕不多。情人多的男人，有多少是對每一個情人都真正愛的，只怕萬中無一。

男人大約都羨慕段正淳，也有以段正淳為自己影子的。但是卻宜想深一層，自己是不是有這個資格，是不是真和段正淳那樣，愛每一個情人。不可盲目投入，要像段正淳，絕不是容易的事。

像段正淳那樣，在道德領域之中，是絕不容忍的；在愛情領域中，他是偶像。

在《我看》中，評段正淳為上上人物，現在想來，他甚至可以再升一級，成為絕頂人物，且待日後看看是不是能發掘他的更多優點，然後再議。

2 玄慈和葉二娘

◆極佳的短篇小說題材

《天龍八部》之中有一對苦鴛鴦，少林寺方丈玄慈和四大惡人之中佔第二位的「無惡不作」葉二娘。

玄慈和葉二娘相識的過程如何，金庸隻字未提，曾以此相詢，金庸的回答是：「當時葉二娘根本不會武功，只是一個普通的鄉下姑娘。」

就算是一個普通的鄉下姑娘，玄慈和她的相識過程，也是耐人尋味。

在二十五年前，玄慈和葉二娘相識（虛竹二十四歲，加上十月懷胎，二十五年時間，和事實最接近）。那時，葉二娘十八歲：

「你本來是個好好的姑娘，溫柔美貌，端莊貞淑。可是在你十八歲那年……」

那時，玄慈已經是少林寺的方丈了。葉二娘的家鄉，多半是在少室山下，和喬三槐住所相近，所以才會有喬婆婆接生一事。

玄慈和葉二娘幽會的地點是「紫雲洞」。此洞坐落何處，漫不可考，不過一定是少室山中的一個山洞，離少林寺不會太遠。

玄慈和葉二娘的相識過程，後來，葉二娘為了維護玄慈，曾這樣說：

「……不是他引誘我，是我去引誘他的。」

一個是十八歲大姑娘，住在少林寺附近，不會不知道少林僧人戒律之嚴，如何會去引誘一個大和尚？當然是不可能之事。

不是葉二娘引誘玄慈，自然是玄慈引誘葉二娘的了，玄慈不知是如何相識、引誘的？

本來，去研究玄慈當日如何和葉二娘相識、成孕的經過，沒有什麼多大的意義。但是看了《天龍八部》之後，這件事一直在腦際縈迴不去。盡一切可能在設想其間的過程。

其所以會如此，是因為想到了這個過程，是一篇極好的短篇小說的題材。試想想，男的是一個和尚，還不是普通的和尚，是得道高僧、少林方丈。不但是少林方丈，而且是武學大宗師，萬世欽仰。他的身上，負有多少壓力！而他終於突破了這些壓力，和一個少女相戀，破了一切的戒，壞了一切的道德規範，這其間，他思想上的矛盾、爭鬥，真可說是驚天動地，至於極點！

而女的是一個情竇初開的少女，不論古今，這樣年紀的少女，對愛情都有夢境的幻想。當她接受一個像玄慈這樣男人的愛情時，她早已知道結果會如何悲慘，可是她還是接受了。這其間，又有多少心理上的矛盾的鬥爭？

結果，是人的天性戰勝了一切的壓力，然而，這是什麼樣悲慘的勝利，真正悲慘得連看也不敢看，想也不敢想。直到如今，還會給人以這樣大震撼的一件事，當年，這一男一女做了，他們又需要多少大無畏的勇氣。

這是極佳的短篇小說題材，寫人的內心和外界壓力的相抗，應該不會有人否認。

◆名位終究一場空

葉二娘和玄慈後來都嘗到了苦果。這苦果，全部是由於玄慈還是未能突破社會、宗教對他的壓力所造成的。和葉二娘無關。葉二娘忍受著無限的淒苦，成全玄慈的願望，好讓他繼續德高望重下去。

玄慈在受杖責之際，已經有了自殺的決心，他決定自殺之際，他的心情又如何？他一定在後悔，後悔二十四年前所做的決定，大錯特錯。

以玄慈的武功而論，他大可以和葉二娘遠走高飛，放棄名位，找一個人跡不到的去處，去度過平凡而又幸福的一生，可是他卻眷戀名位，到頭來，名、位還不是一場空！

名、位可以得到的機會多，真正愛自己的女子能得到的機會少，普天下的男人，都應該要記得這一點！

葉二娘和玄慈分手，多半是虛竹出世之後的事。初時，葉二娘還不會武功，後來她一身武功是從哪裡來的，也無可查考。

葉二娘在兒子被蕭遠山搶走，臉上又被抓出了六道血痕之後，神經已顯然不正常，成了瘋子，專搶人家的孩子來吸血，殺死了不少孩子。這自然是一種罪行，但那是一個神經失常的人所犯下的罪行，當然不值得原諒，但也無可奈何。

葉二娘對玄慈的情愛、維護，始終不變，表現出了一個女性面對如此淒苦生活的最大忍耐力。她對玄慈，沒有一絲一毫的怨言，對玄慈在名、位和她之間選擇了前者，也不埋怨，認為理應如此：「我不能嫁他的。他怎能娶我為妻？」

至於為什麼「不能嫁他」，為什麼「他怎能娶我為妻」，葉二娘自己也說不上來，只是默默地忍受和接受了命運對她的安排。這種忍受，也到了女性所能忍受的極限，也只有古代的中國女性才能做得到。至今，還有認為那是「女性美德」的，真是去他媽的！

這種忍受的代價多麼大：

「這些年來，可苦了你啦！」

「我不苦！你有苦說不出，那才真是苦。」

到最後關頭，葉二娘仍然毫無怨言。

玄慈的苦，是自己找的，他可以不苦。

葉二娘的苦，是玄慈給她的，玄慈可以選擇幸福，但是他不選，於是葉二娘只好跟著苦。

一苦苦了二十四年！

唉！

玄慈是下下人物，戀棧名位，不知所云。

葉二娘在對自己所愛的人的愛情上，是上上人物。

3 阿紫、阿朱和喬峯

◆阿紫、阿朱的身世

《我看》問世之後，各方反應熱烈，對人物的評價，也各有不同，其中有對阿紫大抱不平者，說阿紫自小便遭遺棄，身世孤苦，長大了之後，行為乖僻兇殘，情有可原云云。

環境雖然可以造成一個人的性情，但是天性絕不可以忽視。如果環境可以決定這一切的話，那麼，在同一環境之中出身的人，應該每一個人的性格、行為都是一樣的了？可是事實上，卻大有差異，絕不一致。性格有天生的成分在，而且所佔的比例相當大。科學家正在研究這一點，研究出來，和「染色體」有關，但究竟是怎麼一回事，還說不出具體的所以然來。

阿紫的性格極壞，這是天生的。她在星宿派，會揭開烏龜的殼來看看烏龜沒有了殼會如何，就是她一直在鎮南王府長大，她也會做同樣的事。

奇怪的是，段正淳的幾個私生女兒，不能跟父親，也都跟著母親，如鍾靈、木婉清（她為什麼姓「木」？），如王語嫣。唯有阿朱和阿紫，段正淳不管，阮星竹竟然也不管，只在她們項間掛一塊金牌，肩頭上刺了一個字便算數了，似乎十分不合情理。

不合情理的理由是：

「外公家教很嚴，要是知道了這件事，定會殺了我媽媽的。我媽媽不敢把我姊妹帶回家去，只好分送給人家……」

這解釋了阿紫、阿朱被棄的原因，但是一樣十分不合情理。

「外公的家教很嚴」，這位阮老先生的家教，不知如何嚴法？嚴到了女兒跟男人在外面生了兩個女兒也不知道，可稱胡塗之極了。而阮星竹只要將兩個女兒送走，回家之後就可以打馬虎眼打過去，也可說奇妙。少女和少婦的樣子不同，除了瞎子，誰都可以看得出來，阮老先生莫非視力真有問題乎？

而且「家教很嚴」，阮星竹小姐如何有機會可以和段正淳相識，還生下了兩個女兒，這其間不是十天八天過程可以了結的，兩番懷孕，至少要有一年多時間，不能在她父親面前露眼，「家教很嚴」的父親，能一年多不見女兒而不加查問嗎？

所以，這一節寫得十分含糊，屬於不可深究這一類。結果是阿朱和阿紫兩人：

十幾年來棄於他人，生死不知……

妙的是，段正淳其餘情人，只有一個女兒，阮星竹卻有兩個女兒——段正淳和情人，只生女兒，沒有生過兒子——兩個女兒全都「棄於他人」，可以算是忍心之至了。

兩個女兒，阿紫流落到了星宿派，在青海。阿朱流落到太湖，在蘇州，相隔十萬八千里。當日所託的是什麼人家、為何會這樣，也全然不可考。

其所以費了許多筆墨，去追究當年阮星竹遺棄阿朱、阿紫的經過，是因為當年的這段經過，在若干年之後，影響了一位大英雄大豪傑的一生。令得這個悲劇性的英雄豪傑，悲上加悲，親手打死了自己最愛的愛人！

大英雄大豪傑是喬峯，死在喬峯手下的是阿朱。如果不是阿朱幼年被棄，流落在慕容復家當丫環，如果不是命運恰好安排在事件發生的前夕，阿朱知道了自己的身世，悲劇就不會發生了。

◆英雄美人的悲劇

阿朱是金庸筆下幾位可愛的女性之一，她不但相貌出眾，而且聰明伶俐，兼有易容妙術：

……一臉精靈頑皮的神氣……鵝蛋臉、眼珠靈動。

阿朱和喬峯相遇，十分偶然，第一次是丐幫內部生變，慕容家一夥人恰在一旁，這時候，阿朱看到了喬峯。這次相遇對阿朱的命運起了決定性的作用。作者金庸甚至未有一字寫當時阿朱見到了喬峯之後的情形。但是阿朱這個江南小姑娘，見到了神威凜凜的北方大漢喬峯，不一定說立時心儀、有了感情，但印象極其深刻，殆無疑問。因為接下來，阿朱就假扮喬峯，扮得連丐幫中人都認不出，連喬峯也懷疑在什麼地方看到過自己的背影。

固然阿朱的易容喬裝之術天下無雙，但如果不是對一個人有極深刻的印象，如何能扮得這樣維妙維肖？

阿朱再次和喬峯相遇，是假扮了少林僧人，中了玄寂的一掌，身受重傷，那一掌叫作「一拍兩散」，重傷後的阿朱，被喬峯帶走。喬峯發現她受傷，是因為：

伸手到他胸口去探他心跳，只覺著手輕軟……

喬峯活了偌大年紀，只怕那是他第一次碰到異性的身體，感覺自然奇妙，書中並未細表，反倒寫了喬峯「要剝光你衣裳來查明真相」。那自然是笑話，喬峯不會做這種事，只不過當時阿朱身分不明，出言威脅而已。

而喬峯在初時，對阿朱還是全無愛情可言，他發現了阿朱受了重傷之後：

他心中好生看重慕容復，愛屋及烏，對他的侍婢也不免青眼有加。「她所以受此重傷，全係因我之故，義不容辭，非將她治好不可。」

喬峯不過是為了「愛屋及烏」、「義不容辭」而已。

可是在救傷的過程之中，卻風光極其旖旎：

伸手便解開了她衣衫，將一盒寒玉冰蟾膏盡數塗在她胸脯上。

此情此景，阿朱自然「羞不可抑」，喬峯只怕也未能全然無情。經過這一件事，阿朱的芳心之中，除了喬峯之外，已不可能再有別的異性。一向不好女色的喬峯，畢竟也是生理正常的男人，而且正當青年，後來不斷向阿朱輸送真氣，甚至闖聚賢莊，那就不單是為了「愛屋及烏」和「義不容辭」了。

在阿朱受傷的時日內，她曾要喬峯「唱支歌兒」，也曾要喬峯「講幾個故事」，引喬峯講起兒時的傷心事，再觸及近日的傷心事，阿朱軟言安慰，句句在心——兩人的感情，自然又進了一層。

及至喬峯不顧一切，帶著阿朱闖聚賢莊。一個小姑娘，能得到大英雄大豪傑這樣曠世罕有的照顧，那比一個貧家少女忽然被一位王子帶進了宮殿還要震撼心弦，阿朱對喬峯的愛情，自然至此而成定局。

等到喬峯在雁門關外以掌擊石，阿朱再出現，喬峯在悲苦、激動之中，唯一能歡慰、開解、了解他的人，天地之間，只有阿朱。大英雄大豪傑也是人，愛意陡生，也就極其自然。

喬峯和阿朱的戀情，金庸寫來，又細膩又動人，而又處處合乎喬峯的身分。當阿朱情不自禁，縱身入懷而又害羞之際，喬峯說：

「咱倆是患難之交，同生共死過來的，還能有甚麼顧忌？」

英雄人物這兩句話，比諸其他男人的千言萬語，更有力、更直接。喬峯的英雄剛強，和阿朱的委婉溫柔，就成了奇妙的愛情結合。這一對男女的愛情結合，是金庸筆下意境最高的結合之一。

唉，小阿朱千不該萬不該，做了一件傻事：假扮了段正淳去會喬峯，被喬峯一掌打死。

看《天龍八部》看到這裡，真是肝腸寸斷，不知如何才好。金庸有時也真忍心，為了加強喬峯這個悲劇人物的悲劇性，不但讓他在聚賢莊殺了許多平日肝膽相照的江湖好友、丐幫舊人，而且還讓他打死了阿朱！

喬峯打死阿朱，自然是一個誤會，但是誤會的結果，其實可以不必令阿朱致死的。

在打死阿朱的三個多時辰之前，喬峯：

心中一片平靜溫暖，心道：「得妻如此，復有何憾？」

心中的平靜溫暖，難道就不能使喬峯就算面對著大仇人，出手也不能稍輕一點麼？照常理是可以的，但喬峯是天生的悲劇人物：

左手一圈，右掌呼的一聲擊了出去。

這「左手一圈，右掌擊出」一招是「亢龍有悔」？這一掌：

具天地風雷之威！

於是，小阿朱在大雷雨之下、青石橋之上、閃電雷聲之中，死在她最愛的男人掌下。嗚呼，願天下有情人，同聲一哭！

阿朱，雖然做了這一件傻事，仍然是上上人物，她令得喬峯只有極短暫的甜蜜，而帶來了長期的悲苦，但是沒有阿朱，喬峯的一生之中，只怕連這一小節短暫的快樂都沒有，只好沉醉在烈酒之中。而沉醉在烈酒之中，萬萬及不上沉醉在美人的情懷之中。短暫和永久，很難有分野，阿朱還是可愛的。

◆極度自我中心

和阿朱的可愛恰好相反，是阿紫的可厭。

阿紫這樣的人，她的可厭之處，還不在於她的殘忍，而是像阿紫這一類人，在任何時間、任何地點、任何環境之下，只當全世界只有一個人：她自己。

那是一種極度自我中心的典型，除了自己之外，心目中永遠不會有別人，不會幫別人想一想，更不會為別人做點事。

這種人，為了自己的一點小利，可以毫不考慮、毫不猶豫地犧牲別人的大利。

這種人，永遠以她自己的喜怒哀樂為喜怒哀樂，而全然不理會別人的感受。

這種人的自私，是惡毒的，如同毒蛇一樣，一被這種人纏上了，比被毒蛇噬咬，還要痛苦。

阿紫就是這種人的典型。

為了阿朱臨死之際的囑咐，喬峯一直對阿紫很好。阿紫對喬峯也有情意，可是她是怎麼表達情意的？她用毒針去射喬峯！

照她自己說，令喬峯不能動彈之後，再去服侍喬峯，這種鬼話，誰會相信。當她想到服侍喬峯很好玩之際，或許會做上三天五朝，以後呢？

為了照顧阿紫，連喬峯有時也變得窩窩囊囊，但喬峯的窩囊可以原諒，因為他是多麼愛阿朱！

阿紫在《我看》中許為「中中人物」，再看之後，越看越不是味，要降為「下下人物」才對，並且很懷疑，《我看》中的「中中人物」，是排錯了的！

4

蓬萊派和青城派

《天龍八部》中，有一段並不重要，所佔篇幅也不多，和整節書的結構也沒有多大關係的小插曲，但是驚心動魄，至於極點。

◆倒楣的諸保昆

這一段小插曲的對敵雙方，是蓬萊派和青城派。在這一段中，金庸寫出了江湖人物的仇怨之源，有時已到了失去理性的程度。

蓬萊派在山東，青城派遠在四川，本來是河水不犯井水，他們之間的仇是怎麼結上的呢？書中也沒有明確寫出，只說因為談論武功而起。反正江湖人物的恩怨，有時為了莫名其妙的一句話，有時甚至為了莫名其妙的一個眼色，就可以鮮血四濺，人頭落地。

考其原因，都是因為江湖人物會武功之故。有武力可恃——一言不合，動起手來，不是你死，便是我亡，小事情就可以變成深仇大恨。同樣的事，如果發生在普通人身上，至多惡言相向，就算大打出手，也不過鼻青目腫，不會鬧出人命，自然也不會「輾轉報復，仇殺極慘」。

兩派結仇的結果，青城派非四川人不收入門牆，蓬萊派的都靈子找到了一個四川大戶人家的兒子諸保昆，用計收徒，授以武藝，平時一句話也不開口，唯恐諸保昆學了一句半句山東口音。然後，再派諸保昆混進青城派中，伺機而動。

這件事的本身，是一個極可怕的陰謀。這個陰謀中最大的受害人，注定了就是這個倒楣的諸保昆。

諸保昆在青城派，一直未曾有人疑心他，而且，青城派的掌門司馬衛對他也很好：

傳授武功時與對所有親厚弟子一般無異。

兩邊都是師父，諸保昆心中的為難，可想而知，所以他「實在頗有不忍」，一再拖延。

後來，他的身分被王語嫣無心道破，青城派中的人，可不理會他內心的這種矛盾，只覺得他罪大惡極，諸保昆是：

事情到了這步田地，如何能夠辯白？

諸保昆後來用行動來護衛青城派的聲名，在包不同手下受了重傷。

結果，青城派中的人，是不是肯放過諸保昆，《天龍八部》之中並未有交代，或許是因為他根本不是主要人物之故。

◆ 仇怨容易化解難

正因為金庸在《天龍八部》之中，沒有交代諸保昆和青城派之間以後的發展，所以十分耐人深思。設想起來，諸保昆身受重傷：

……諸保昆雙臂臂骨已然拗斷……受傷極重。

當司馬林等離開阿朱的莊子之際：

諸保昆等都跟了出去。

重傷之後的諸保昆，下場如何？朝理性方面去想，最好自然是青城派中的人原諒了諸保昆，諸保昆獨力解開了蓬萊、青城兩派間百歲來的仇怨，雙方互相研究各自武功中的長處和短處。

但是事實上，絕沒有這種可能。金庸所沒有寫出來的，只怕是一場血肉橫飛的殘殺圖：諸保昆在毫無抵抗的情形之下被青城派殺死。只怕連躲在四川諸家的都靈子也不能倖免，蓬萊、青城兩派的仇怨，自然一直再延續下去。

仇怨的形成，起於一念之間，化解，也起於一念之間。但是由於人性中醜惡的一面，形成仇怨容易，化解仇怨困難，諸保昆就算將心挖出來給青城派的人看，人家也不會相信他的。

諸保昆是一個注定了的悲劇人物，這個悲劇人物，是都靈子一手造成的。都靈子本身也是一個悲劇人物，數十年心血，一旦化為烏有，不等青城派人尋上門，他自己也會因為痛苦、失望，而無法活下去了吧？

5 不會武功的武學奇才

◆王語嫣和段譽

金庸在《天龍八部》之中，寫了兩個不會武功的武學奇才：王語嫣和段譽。

王語嫣完全不會武功，可是天下武學，除了六脈神劍等少數一兩種之外，都全在她的心胸之中。

而她學會了天下各門各派的武學招數、武功秘奧的原因，也十分發噱，那是因為她單戀表哥慕容復，知道慕容復好武，怕自己和他談話時沒有話好說，又想討慕容復的歡心，所以才拚命去研讀家中收藏的各門各派武功秘笈。也難得她記性那麼好，所以可以將各門各派的武功，全記在心中，任何人一使，就可以看得出、叫得出本家來，屢試不爽，因而成了不會武功的武學奇才。

一個人的記性是不是真的可以好到像王語嫣這樣的程度，這可以不必深究，或許，便是有，就是王語嫣一個人有，作為小說家，創造了這樣一個人物，極其有趣。與她口中順口叫出各門各派的武功來，可以看得人心曠神怡。

在王語嫣口中說出來的武功名稱，如果真的有，那是作者金庸的博學。如果根本沒有，那是金庸的創造力強，可以創造得活龍活現，煞有介事。

固然，武俠小說作者，大都有創造各種武功名稱的本領，但具體來看總是真有其事的，也不多。隨便舉一小節例子，來說明金庸創造名詞之妙處：

「東砍那一刀，是少林寺的降魔刀法；西劈那一刀，是廣西黎山洞黎老漢的柴刀十八路；迴轉而削的那一刀，又變作了江南史家的『迴風拂柳刀』……在你肩頭擊上一記，這是寧波天童寺心觀老和尚所創的『慈悲刀』……他用刀架在你頸中，那是本朝金刀楊老令公上陣擒敵的招數，是『後山三絕招』之一……最後飛腳踢你一個斛斗，那是西夏回人的彈腿。」

這一段，宜一口氣不做休息讀完，才能領略作者筆法之妙處。《天龍八部》中有關王語嫣「一招一招道來，當真如數家珍，盡皆說明其源流派別」的地方甚多，每一段都看得人心曠神怡。可是這位王姑娘，偏偏自己一招也不會使，只會講，典型的紙上談兵，有時也看得人乾著急，妙趣橫生。

像王語嫣這樣不會武功的武學奇才，在其他任何武俠小說均難找到。金庸的小說之中，也僅此一位。《鹿鼎記》中，少林寺高僧澄觀，雖然傻裡傻氣、不通世務，和《倚天屠龍記》中的覺遠相仿，但是他們本身，對武學也有造詣，本身是會武功的。

所以，當王語嫣這個不會武功的武學奇才，和段譽這個六脈神劍時而靈，時而失效，殺了人，卻又閉上眼睛唸佛的獃子在一起的時候，妙趣加上妙趣，不看得人眉飛色舞者幾稀。

段譽也可以說是不會武功的。他真正學到的本領是「凌波微步」，每當逃命之際，使來得「腳」應心，奇妙無比。可是他又有出奇的際遇，內功之強一時無兩。他的內功，名曰「朱蛤神功」。金庸寫到段譽「朱蛤神功」之由來時，完全是喜劇筆法。

寫喜劇人物的遭遇，用喜劇筆法。想想看，一隻天下毒物之王，忽然從被人點了穴道、張大了口合不攏來的段譽口中，鑽了進去，這是什麼樣的喜劇場面。當其時也，段譽這位獃公子：

只覺天下悲慘之事，無過於此，而滑稽之事亦無過於此，只想放聲大哭，又想縱聲大笑，但肌肉僵硬，又怎發得出半點聲音？

讀者看到這裡，只覺得滑稽好笑，「悲慘」云乎哉，一點影兒都沒有。甚至連段譽當時為什麼會覺得「天下悲慘之事，無過於此」，也不甚能理解。

當然，段譽也在玉洞之中，學了「北冥神功」，《天龍八部》中，對段譽修習「北冥神功」的過程，也寫得十分詳細。這門神功，有點像「化功大法」，可以以他人的內力為己有，厲害之極。但是段譽學會之後，也未見如何使用過，只有後來在枯井之中，施展出來，將西藏大輪明王鳩摩智的一身功力，吸個精光，使鳩摩智成了一個普通人。

◆美女一咬，高僧成佛

在《我看》中，曾提及鳩摩智是最幸運的人，未做解釋，含義好像太囫圇了一些，在這裡可以補充一下。

鳩摩智的聰明才智，在《天龍八部》之中是第一人，他對佛法的造詣之深，也無人懷疑。可是他的所作所為，都和一個愚蠢、庸碌的人，一點沒有分別。他爭名，他奪利。他對名、利、權、勢全然看不開，多年研佛，全然變成了白費心血。

鳩摩智為什麼會淪落到這等田地呢？那全是他一身超絕的武功害了他。他身負絕頂武功，就自然只好做會武功人做的事。

如果有人告訴他，放棄一身武功，可以心境光明，進入人生的另一境界，他必然不會相信。非但不會相信，而且會懷疑這樣對他講的人，別有用心，其人可能死在他的「火燄刀」之下。

鳩摩智是一個極度想不開、放不下的人。本來，這樣的人，一生會被自己找來的麻煩、痛苦所糾纏，決計不會有解脫的日子的。

可是鳩摩智運氣好，在枯井，被段譽將他一身功力吸走。乍一看來，這是損失，但是這一身功力，正是他自己的附骨之疽，自己絕無力量將之消除的，段譽替他代了勞，而且，那正是他變瘋的邊緣！

一身功力消失之後，鳩摩智立時頭腦清醒，認識到了自己過去數十年間，在迷途的泥坑之中，越陷越深：

「老衲雖在佛門，爭強好勝之心卻比常人猶盛……貪、嗔、痴三毒，無一得免……名韁利鎖，將我深深繫住。」

於是，鳩摩智：

大徹大悟，終於真正成了一代高僧……弘揚佛法，度人無數。

一個在迷途中掙扎的人，眼看絕無希望、要沉淪下去，忽然之間放開一切，大徹大悟，運氣之佳，實在無可言喻。

世上人能有鳩摩智這樣好運氣的，只怕一萬個中，也找不到一個。世上想不開、放不下、被名韁利鎖緊緊繫住的人，哪一個有鳩摩智這樣的幸運？本來的聰明才智，全被蒙蔽了而不自知的人，能有幾個像鳩摩智這樣幸運的？

段譽吸走了鳩摩智一身功力的過程，也極其喜劇化，他那時早已昏迷過去，全靠王語嫣在鳩摩智右臂的曲池穴上咬了一口。正是：美女一咬，高僧成佛，善哉，妙哉。

段譽的武功，似通非通，似會不會，要用時不來，不要用時會來，算來算去，也只好算是一個不會武功的武學奇才，正好和王語嫣配雙成對。

6

玉洞神像的一筆帳

◆李秋水、天山童姥、玉洞神仙和無崖子的關係

《天龍八部》一開始，寫無量劍爭劍湖宮，然後，到段譽進了一個山洞之中的種種奇遇。

這一大段，是《天龍八部》之中極重要的情節。但是在舊作，《天龍八部》之中，卻寫得十分混亂，看來看去弄不懂。

一直等到金庸改寫的新版出版之後，再仔細看，才算理出了一個頭緒來，簡化起來，是這樣子的，牽涉在其中的人物很多，主要是以下幾個：

無崖子——逍遙派掌門人，他是一切情愛糾纏的罪魁禍首。這位無崖子先生，到了極大年紀，看起來還像是神仙中人一樣，青春年少之際，自然是玉樹臨風，英俊瀟灑，出眾之極，所以才使得他的兩個師妹，為他爭風吃醋，什麼手段都用盡了。

天山童姥——逍遙派掌門無崖子的師姐，在練功時給師妹所害，以致永遠長不高，成了一個矮美人。

李秋水——她是無崖子的師妹，在害了天山童姥之後，追求上了無崖子先生，兩人同居在大理無量山劍湖之畔的石洞中，逍遙快活，而且還生下了一個女兒。這個女兒，極其重要，就是王夫人：

「我有一個女兒……嫁在蘇州王家。」

王夫人和段正淳的私生女是王語嫣。所以算起來，李秋水是王語嫣的外婆。「搖搖搖，搖到外婆橋，外婆叫我好寶寶。」外婆，是中國人認為極其親近的親屬。當然，無崖子是王語嫣的外公。這種關係，只怕連王語嫣自己都不知道。

玉洞神仙——玉洞神仙是李秋水的妹妹。童姥和李秋水爭風吃醋，但結果他們所爭的對象，卻愛李秋水的妹妹，李秋水、童姥兩人，到了八十多歲的高齡才明白了這件事，心裡不知是什麼滋味。

這個「洞中神仙」（只能這樣稱呼她，因為除了知道她姓李之外，在《天龍八部》之中，找不到任何資料，沒有名字，下落如何，書中也一點沒有交代），成了一個極其神秘的人物。只知道玉像和畫像中的美人全是她。她是王語嫣的姨婆。

在石洞中，有一處地方專放各門各派的武功秘笈，叫「瑯嬛福地」，裡面的典籍秘本，在段譽到的時候，已經全沒有了，那自然是給王夫人帶到蘇州去的，王語嫣看的就是那些典籍。

至於王夫人有那麼大的來頭，父、母全是武功絕頂的人物，何以會嫁到了蘇州，也全無跡象可稽，只好各憑想像去猜測了。

◆「珍瓏」棋局，關鍵所在

以上這四個人的錯綜複雜的關係，和《天龍八部》全書，關係十分重大。其中的關鍵是那局「珍瓏」棋局，虛竹靠了它，莫名其妙成為武林高手。而這局「珍瓏」，是無崖子擺下來的。

身為逍遙派掌門人，結果為丁春秋所害，隱藏不出，要找一個青年才俊、學會武功，去除卻丁春秋——這段情節頗難講得通，他自己為什麼不出手，始終莫名其妙。

而這個青年才俊，又要貌相俊美，因為李秋水喜歡俊美少年，無崖子一直以為李秋水還在劍湖玉洞之中，誰知道李秋水已到了西夏，做了皇妃。

這裡將這一段情節盡量簡化，在《天龍八部》之中，這一大段，真是曲折離奇到不是用心看，決計不容易弄清楚的地步。

一大段複雜的情節之中，只是便宜了兩個人，一個是段譽，一個是虛竹，這兩個人，都是獃頭獃腦的人，而逍遙派的武功本領，卻是無所不包，傳到這兩個人的手中，不知是武功的大不幸，還是武功的幸事！

李秋水和天山童姥之間的恩怨糾纏，也駭人之極。李秋水害童姥，使她變得不能長大成人，而李秋水的臉上，卻被童姥畫了一個「十」字，弄得她要用輕紗蒙面。何事成恨，竟怨毒一至於此，真是有點令人不寒而慄。

李秋水和天山童姥兩人結怨，不像是為了對師兄的戀情。童姥的身形，始終是如八、九歲的女童，那麼她被李秋水所害，在「練功要緊關頭之時，李秋水在她腦後大叫一聲，令她走火，真氣走入岔道」那年，是多少歲呢？如果那年只有八、九歲，至多是十歲，無崖子只有七歲，因為：

「我是你師父無崖子師姐，無崖子倘若不死，今年九十三歲，我比他大了三歲……」

十歲、七歲，李秋水那時多少歲？李秋水比童姥年輕：

「師伯今年已九十六歲，師叔少說也有八十多歲了。」

「八十多歲」自然是虛竹看錯了的，絕對不止，李秋水不可能比童姥小太多，至多一兩歲。童姥被害那年，設若是十歲，李秋水小兩歲吧，八歲。八歲的小女孩心思就那麼歹毒？

所以這一段實在很含糊，深究起來，難以明白。或曰，童姥遭害那年，可能已有十六、七歲，如果是，又不會「身材永如女童」了！

至於和無崖子之間的情愛糾葛，那自然又是日後所發生的事了。

這一大段情節貫串全書，要仔細看，不可輕易放過，其間驚心動魄，高潮迭起，可以看得人目眩神馳，是武俠小說中極其精采的情節。

附帶說一句的是，李秋水和童姥一直在拚命，而虛竹陪在她們的身邊，兩人就透過虛竹來比武，將武功教了虛竹，使虛竹在這個過程之中，學會了上乘武功。

類似的情形在《神鵰俠侶》中也出現過，比試的雙方是洪七公和歐陽鋒，而在兩大高手身邊，在武學上大得其益的是楊過。

兩段相同的情節，每次是三個人，一共是六個人，由於六個人的性格截然不同，武功不同，所以看來一點也沒有重複之感。而且在這樣的比試過程之中，各種武功的名堂，各種招式的演繹，都寫得極其詳盡，精采紛呈。而虛竹因之成為靈鷲宮主人，真是奇緣中的奇緣，這個小和尚的福氣遭遇之佳，無出其右者。雖然他的心中，可能寧願平平安安，在少林寺中當一個普通的和尚，但是際遇如此，他想逃也逃不開。

人生，往往若此。

7 四大惡人

◆落難皇族段延慶

葉二娘的事情已經講了不少，不必再重複了，段延慶是四大惡人之首，他的外號，怪不可言，叫作「惡貫滿盈」。

這個外號，只怕是為了湊四個「惡」字而湊出來的，不然，天下哪裡有人自己如此觸自己霉頭的？段延慶是一個十分可憐的人，武功雖高，卻是一個活僵屍，吃東西，只能吃流汁，講話，是用「腹語」來講的。做人做到這一地步，武功再高，就算讓他再做大理國的皇帝，又有什麼趣味？但他還是在孜孜努力，真不知所為何來，當真是想不穿之極了。

這個想不穿的人，有時也面臨想開的邊緣。在解那個「珍瓏棋局」之際，他就幾乎想穿了，他因為世事的變幻得失而生了感觸。可惜天性生成，他不是想穿，而是幾乎入了魔。

和段延慶有關的一個女子是刀白鳳，段正淳的妻子，鎮南王妃。

刀白鳳因為段正淳風流成性，到處拈花惹草，一怒之下離宮，遇到了身受重傷、滿身血污、已經在死亡邊緣的段延慶，一時心中怨憤，自暴自棄，自動獻身給了段延慶，這一次奇妙的「獻身」，生下了段譽。

這一段情節，金庸寫來，十分優美。刀白鳳是水擺夷，擺夷女人一向不是很重貞操，而且又在怨憤之餘，做出這種事來，作為對丈夫的報復，倒也是情理之中的事情。

那一大段文字中，寫到經過時，只寫到「摟住他的脖子」為止，接下去就是「……」。這「……」代表了什麼，大家心裡明白。比較不容易明白的是，其時：

段延慶在湖廣道上遇到強仇圍攻……身受重傷，雙腿折斷……喉頭被敵人橫砍一刀……

一個人傷重到這種程度，已到了瀕死的邊緣，這「……」過程如何，實在有點無法想像。一笑。

段延慶後來知道段譽是他的兒子，自然心中高興之極，一個人到了這時候，再乖戾暴虐的，也會有人性流露。金庸在段延慶這個人物上，伏筆用得好，轉捩寫得合情合理：

段延慶一生從未有過男女之情，室家之樂，驀地裏竟知道世上有一個自己的親生兒子，喜悅滿懷，實是難以形容，只覺世上甚麼名利尊榮，帝王基業，都萬萬不及有一個兒子的可貴……

這樣寫段延慶的心情轉變，也只有在段延慶這樣遭遇的人身上才適合，在其餘人身上，一個兒子，只怕及不上「名利尊榮、帝王基業」遠甚。不止是如今社會風氣如此，就算在古代也如此。中國歷史上有多少皇帝殺兒子的事，全是為了「帝皇基業」。如果歷史上那些殺兒子的皇帝，個個都像段延慶，那麼，中國歷史非改寫不可！

在段延慶最高興之時，也是慕容復最卑鄙之際，更是包不同、鄧百川、公冶乾、風波惡四人最悲慘的時刻。包不同（那麼可愛的包不同），被慕容復一掌打在背心「靈台穴」上，一口鮮血噴出，立時畢命。非也非也，再也不能非也非也了。而公冶乾、風波惡、鄧百川三人「出門大步而去，再不回頭」。他們不知去了何處？很令人懷念。

在這一段過程中，了結了段正淳的幾個情人，甘寶寶、阮星竹、秦紅棉、王夫人，全死在慕容復的劍下，這樣安排，沒有道理之至，除了借此表現慕容復的狠毒之外，沒有別的作用了。金庸其實大可放過她們，不必令她們死在劍下的。

◆ 喜劇人物南海鱷神

四大惡人之中的「兇神惡煞」南海鱷神也是一個喜劇人物。他看到段譽，覺得段譽的頭長得和他相像，便硬要收段譽為徒弟，實在是情理所無的事，但既然岳老三決定了要這樣做，大夥兒也不便反對，不然，只怕一個「不」字還未出口，鱷嘴剪便「喀嚓」一聲，剪將下來，那就非同小可，只好由得岳老三去胡鬧了。

而最妙的是，他收徒不成，結果反倒成了段譽的徒弟。更妙的是，這個人平時為了排行第二、第三，也要努力爭取排名先後，其認真程度，不亞於今日的電影明星。忽然矮了一截，做了段譽的徒弟，心中的難過可想而知，還能活著，算他勇氣過人。

南海鱷神所以成為喜劇人物，自然是由於他當了段譽的徒弟之故。這個人有一個好處，就是說出來的話，永不反悔。觀乎他不得不向段譽叩頭稱師一事，給人一個教訓，有時，不妨將說出來的話反悔一下，不必一定要遵守到底者也。

南海鱷神雖然是「兇神惡煞」，但自始至終，是一個一出場就令人覺得好笑的人物。在惡人之中，比起專吸小孩子血的葉二娘的那種陰森可怖，真是相差天和地，所以他應該排名第三，不及葉二娘。

◆義烈葉二娘

葉二娘繼玄慈而死之後，金庸借南海鱷神之口，謚以「義烈」兩字：

……又敬佩她的義烈。

葉二娘自盡，自然是烈。她的義，是對玄慈一個人而言。為了維護玄慈的聲名地位，她不知吃盡了多少苦頭，而至死沒有一句怨言，真正難得。不過，葉二娘愛玄慈，實在適足以害之，玄慈在那二十年中，何嘗有一天安樂？他臨死時說：

「過去二十餘年來，我日日夜夜記掛著你母子二人，自知身犯大戒，卻又不敢向僧眾懺悔，今日卻能一舉解脫，從此更無掛罣恐懼，心得安樂。」

又說偈言：

「人生於世，有欲有愛，煩惱多苦，解脫為樂！」

像玄慈這種拖泥帶水，想愛又不敢愛，畏首畏尾，拋不開放不下的男人，真是不好玩，最沒有用！

義烈葉二娘，真令人敬佩。

◆陪襯角色雲中鶴

「窮兇極惡」雲中鶴，沒有什麼道理，除了輕功好、好色之外，在四大惡人之中，只不過是一個陪襯而已。

8

生死符

《天龍八部》中，有關武功的描述，是寫得比較誇張的一種寫法。在金庸的小說之中，武功的多姿多采，以《天龍八部》為最，《倚天屠龍記》次之。

《天龍八部》之中，武功最高的是什麼人，也很難說，蕭遠山父子？慕容博？無崖子？天山童姥？李秋水？虛竹？游坦之？段譽？幾乎每一個都是震古鑠今的絕頂高手，所學的武功，各自不同，而又如此出神入化，是武俠小說讀者最感過癮的一部。

而在諸多武功之中，「種生死符」最為神妙可怖。

「生死符」根本不是什麼武器，只是運陰柔內力，化水為冰，成為一個小圓薄的冰片，再打入人的身體之中，成為附骨之疽，定時發作，令得身受之人，苦不堪言，求生不得，求死不能。

自小就看武俠小說，記憶之中，所看過的武俠小說中，連以幻想力豐富著稱的還珠樓主作品，也未曾見過這樣類似的玩意兒。

「生死符」要「種」在穴道之上，被種了生死符的人痛苦莫名，似乎和穴道的秘奧有點關聯。

生死符最有趣的一件妙用，就是虛竹以酒代水，將生死符種進了丁春秋的體內，於是這位星宿老仙，醒不像醒，醉不像醉，苦頭有得吃了。

用生死符來對付丁春秋，真是一大快事。

用生死符來作為控制人的工具，結果一定是引起作反，天山童姥後來吃盡苦頭，就是不明白再嚴厲的控制，總不能永遠控制下去的道理之故。

9 游坦之

◆遭遇之慘，世間罕見

《天龍八部》之中，最怪異莫名的人是游坦之。這個人遭遇之慘，真是世間罕見。他不幸落在阿紫的手裡，所受折磨，簡直駭人聽聞，而他居然能在這樣的非人生活之中熬過來，也是駭人聽聞。

他居然還一心愛上了阿紫，那是慘上加慘，他可以說是金庸筆下，一個遭遇最悲慘的人。

游坦之的悲慘，是在於他一生的命運、遭遇，沒有一次是由他自己作主的，全部被人播弄，宛若汪洋中的一艘小船，一點也作不得主，而且變故之來、悲慘之臨，他事先連一點預防的可能都沒有。

固然，世上絕大多數人，都受著命運的播弄，身不由主，但一則，命運不至於將人播弄得如此之慘，二則，噩運之來，事先總有一點跡象。可是游坦之卻連這一點「幸運」也沒有。造化本就弄人，但是竟然可以弄到這一地步！金庸在寫游坦之這個人之際，真是忍心之至。

游坦之本來好端端地當他的聚賢莊少莊主，雖然以他的性格而論，不會有什麼大成就，穩穩當當過一生，也絕無問題。可是忽然喬峯像一陣颶風一樣，捲進了聚賢莊。

喬峯來了又走了，聚賢莊屍橫遍野，血流成河，游坦之的父、兄全都喪了命。游坦之若是葬了父、兄，守點祖業，原也可以再平平安安過一生，偏偏他的性格之中，又有極其堅韌的一面，要為父、兄報仇，帶著一條毒蛇，遠赴關外。

他的運氣差，到了關外，又被遼兵所擄。而且，又遇到了蕭峯——如果不遇到，就算被當活靶射死，倒也落個痛快，偏偏又被救了下來。

於是，殺蕭峯不成，落到阿紫手裡，當人鷂子，變鐵丑，受毒蟲噬咬，種種悲慘的遭遇，接踵而來。一個人忍受悲慘命運的能力，竟可以到這種地步，本是難以想像。和游坦之一比，就算是新畿內亞的穴居人，也會覺得自己比神仙更快樂。

金庸在寫到游坦之受了種種折磨之後的心情，極具現實感。游坦之不是怕死，他好幾次下定了死的決心，也曾用力以頭撞過牆，可是偏偏死不了，到後來，什麼氣概全被折磨殆盡，報仇也不想了，只想可以活下去便好，變成怕死了。

這種轉變，唯有在一個真正受過無邊痛苦的人的身上才會發生。當然，這個人一定是普通人，和超人、英雄不同。游坦之本來就不是英雄，性格的懦弱一面，甚於有氣概的一面許多，所以這樣轉變，合乎情理。

◆ 男人男人擦亮眼

游坦之後來也因為偶然的機緣，而學會了絕頂武功。《天龍八部》諸高手之中，武功可能以他為最高。他將寒玉蟲的精華，和易筋經中的絕頂內功配合起來，內力陰寒古怪，莫可名狀。可是這身絕頂武功，一點也沒有給他帶來什麼好處，因為這時，他已經跳進了另一個更痛苦無比的深淵之中！他愛上了阿紫。

像阿紫這樣性格的女人，任何男人，避之則吉，要是萬一家門不幸，遇上了不走，只怕已經要脫一層皮。真有要瞎了眼、矇了心，居然將之當成「天下第一美人」，去愛這種女人，唉，游先生啊游先生，你這才知道，肉體上的痛苦，比起精神上的痛苦來，真不算什麼！

俗話常說「男怕入錯行，女怕嫁錯郎」，就沒有說男人碰到可怕女人的後果嚴重的。看了游坦之的遭遇，真要大叫「男人男人擦亮眼」才行。

游坦之對阿紫的愛情，還真是真心誠意的愛，只可惜阿紫是絕不懂真情愛的，一個一切都將自己放在第一位，心目中絕無他人的女人，怎能懂得愛情？游坦之別說將眼睛挖給她，就算將心挖給她，也是白搭。

游坦之的行為，有許多不堪之處，可是由於他遭遇如此之悲慘，看起來，好像全值得原諒。

這個人，要評定他是屬於什麼等級，真是難以下筆，只好稱之為最悲慘的人。

10

吳儂軟語

◆「半吳語」恰到好處

在金庸著手修訂他所有作品之際，曾提了一個建議：阿朱、阿碧，小女態如此可人，她們從小在蘇州長大，如果讓她們的對話之中，加一點吳儂軟語，豈不是信添嫵媚，更增嬌憨？

金庸考慮片刻，連聲說好。於是經過修訂的《天龍八部》之中，就可以看到阿朱、阿碧的對話，是吳語對白。

用吳語來寫小說，早有先例，《九尾龜》、《海上花列傳》等，全部吳語，不但對話是吳語，連描述也是用吳語的，怪異莫名。

金庸採用的其實是「半吳語」，不過即使用的是「半吳語」，對於不是在江南長大的人來說，看起來也有莫名其土地堂之感了。香港、台灣兩地的讀者，絕大多數不通吳語，有些地方，還要解釋一番，誰教當時提議這樣寫的。隨便拈些出來，大抵類此。

「勿要嚇人𡀔」——「勿」就是「不」，「𡀔」是語助詞，沒有意義。同樣的語助詞，有「哉」、「吪」（問題時用），等等。

「霍大爺，還仔撥你。」——「還仔」並不是還一個仔給他，而是「了」的意思，即「還了給你」。

「你不要大娘子、小娘子介客氣。」——「介」是「這樣」的意思。

「介末交關便當？」——整句是「那可方便得很」之意。原來在這句話後，加了一個「？」，不知何意，疑是誤排。

「勿來事格。倘若我解到仔一半，段公子醒仔轉來，耐末不得了。」——阿朱、阿碧的小兒女憨態，在這句話中表露無遺。阿碧內急，要「解手」（小便），「解到仔一半」，便是指此而言。「耐末」即「那麼」。「勿來事格」，「不行」之意。

「嘸啥事體得罪俚。」——「無啥」，「沒有」也。「俚」就是「他」。

「阿姐講閒話，阿要唔輕頭。」——「閒話」，不是閒話，就是「話」。「唔輕頭」者，無輕無重，不知分寸之謂。

最有趣的一句對白，是四川粗人遇上了江南小姑娘：

「格老子的，你幾歲？」「你做啥介，動手動腳的！」

並不知雙方如何聽得明白，自然只好大亂收場。

阿朱、阿碧的吳儂軟語，用得恰到好處。全然不懂的讀者，乍看起來，會覺得有點彆扭，但是稍有了解之後，就會覺得妙在其中，極其有趣，學仔來講，格末就像是蘇州人哉！

◆多情少女的下落

附帶說一句，阿朱後來跟了喬峯，慘死在大雨中、石橋上。阿碧的下落如何？

在丐幫生變時，她還在，及至段譽帶了王語嫣逃走，她也出現過：

只見大道上兩乘馬並轡而來，馬上人一穿紅衫，一穿綠衫，正是朱碧雙姝。

然後，阿朱便找喬峯，和段譽去救人：

阿碧早到後艙自行改裝去了。

這一句甚不可解，到後艙「自行改裝」，改的是什麼裝？為什麼要改裝？在這之前，王語嫣曾問過一句：

「阿朱姐姐，你們卻到那裏改裝去？」

阿碧若是「改裝」，自然也要假扮一個什麼人，可是她卻沒有假扮什麼人，假扮的是阿朱（扮喬峯）、段譽（扮慕容復）。

更怪的是，阿碧一到了「後艙」之後，就此消失，一直到最後才出現。這位「一雙纖手皓膚如玉」、「說話聲音極甜極清」、「滿臉都是溫柔，滿身盡是秀氣」，又會煮「荷葉冬筍湯、翡翠魚圓」的阿碧姑娘，著實令人想念。

阿碧在最後才又冒了出來，伴著慕容復和小孩玩扮皇帝的遊戲，神情落寞、憔悴，真是可憐得很。但是她心中既然只有一個慕容復，哪怕慕容復再壞、再瘋、再卑鄙，她心中唯一的男人，還是慕容復。這是情愛的力量使然，旁觀者往往不易明白。段譽是明白人，他明白了：

「各有各的緣法……我覺得他們可憐，其實他們心中，焉知不是心滿意足？我又何必多事？」

不但焉知他們心中不是心滿意足，甚至，他們心中，也可以覺得段譽可憐。

各人有各人的緣法，「何必多事」，真是至理名言。

可以明白的是何以阿碧到頭來，還是這樣想不開？她為什麼要：

明艷的臉上頗有淒楚憔悴之色。

又為什麼：

一滴滴淚水落入了竹籃之中？

慕容復神智不清，她才有機會長陪在她自己心愛人的左右。如果慕容復真的身登大寶，做了皇帝，阿碧才真傷心，一滴滴淚水，其實應該到那時候才落，現已落，還是想不開。

阿碧畢竟是一個多情少女，想不開是人之常情，不忍深責。

11 函谷八友

《天龍八部》中有八個不是十分重要的人物：「函谷八友」。這八個人學的都是雜學，蘇星河是無崖子的徒弟。八個人都會點武功，但真正的本領卻不在武學上，而是彈琴、弈棋、讀書、繪畫、醫、木匠、蒔花、唱戲。

◆「神醫」典型不落俗套

其中，閻王敵薛慕華算是一號人物，因為他能起死回生。像薛慕華這樣的人物，是武俠小說中的一種典型人物，在武俠小說中，總可以找到一個神醫。這個神醫的醫道極高，可以起死回生，而又例必脾氣古怪，不肯輕易出手替人治病，規矩又多又嚴，弄得人恨得牙癢癢地，恨不得將他一掌打死，而又不敢得罪他。

這樣的典型人物，在金庸的小說中，也可以屢次看到。《天龍八部》中的薛慕華是，《倚天屠龍記》中的胡青牛是，《笑傲江湖》中的平一指也是。

武俠小說中有這樣一種典型人物，作用甚大。因為武俠小說中的主角人物，總不免要打打殺殺，若是主角人物老不會受傷，緊張氣氛便大為遜色。若是一受傷就死，小說也寫不下去了。所以，要有這樣一個古怪而又醫道精絕的人物出來打救一下。

金庸自然知道這類典型人物的作用，他更知道其他武俠小說中，這類人物總是著手成春。他不願落俗套，所以在金庸筆下的這類人物，運氣比較差。像《笑傲江湖》中的平一指，因為醫不好令狐冲，竟至於自己急死。薛慕華也沒什麼大不了，未能起死回生。胡青牛硬是不肯醫常遇春，是張無忌胡亂將他醫癒的。

舉出這個例子來，說明金庸在寫作時，是如何不肯落入一般武俠小說的舊窠之中。他的武俠小說能夠大放異彩，絕非偶然。

◆做人？做戲？

八友之中，最有趣的一個人，自然是李傀儡。這個人，是在做人，還是在做戲，別說別人弄不清楚，連他自己也弄不清。

這個人，細細看他的言行，可以發現一點，世上絕大多數人，皆是如此。

請問：閣下是在做人，還是在做戲？

再請問：做人和做戲，有什麼分別？

◆金庸小說包羅萬象

至於老六木匠，造機關之巧，比桃花島弟子尤甚，看他在薛慕華家中發現地室的過程，真是匪夷所思。金庸小說之中，包羅萬有，每一件事，喝酒也好，種茶花也好，下圍棋也好，用毒也好，都活龍活現，知識之豐富廣博，創造力之博大精深，像這種匪夷所思的小地方，多得不可勝數，只要熟讀自然可以領略。

12 大戰

《天龍八部》之中，有幾次大戰。這裡，要對「大戰」兩字做一解釋，因為以後在想到金庸其他作品之中，還會用到同樣的標題。「大戰」，指書中激烈的武鬥場面，場面大的而言。

在武俠小說之中，武鬥場面必不可少，武鬥有大有小，有激烈有不激烈，「大戰」，是指許多頂尖高手聚集的打殺，一定是這部武俠小說中的高潮。

◆ 天龍寺大戰

《天龍八部》開始，全是些小接觸，縱使有規模相當大的，但是參戰雙方，都不是第一流的頂尖高手，可以略過不提。《天龍八部》中第一次大戰，發生於天龍寺中，一方是吐蕃國國師，大輪明王鳩摩智，一方是天龍寺的高僧，包括榮枯大師（這位大師的相貌，若有畫家，根據金庸的描述畫出來，保證可止小兒夜啼）、本因大師、保定帝等等，段譽也夾在中間。

這場大戰十分重要，一方面引出「六脈神劍」這門武功，一方面也將段譽帶到江南，在全書之中，起著承上啟下的作用。

雙方使用的武功，天龍寺用六脈神劍，鳩摩智用火燄刀。這兩門武功，全是屬於誇張的武功。

武俠小說之中，有的武功，一拳一腳、一刀一槍，可以比劃出來，有武術上的根據，這一類武功，可以稱為比較寫實的武功，也可歸納在外功一類。另一種武功，是誇張的寫法，如最早的「劈空掌」、「掌風」、「飛花卻敵」等等，是屬於內功一路。內功比較虛無飄渺，無從捉摸，可以誇張的程度，也視乎作者的喜歡而定，可以發展到無限止的地步。

兩種武功描述，都各有其精采之處。但是武俠小說之中，武功最高的高手，其武學造詣，絕大多數是屬於誇張的一路，是內功深湛的內家高手。

「六脈神劍」和「火燄刀」，便全是內家武功一路的功夫，沒有數十年內力修為，根本使不出來。

◆內力：武學的靈魂

在這裡，可以約略解釋一下「內力」這回事。

內力，是十分玄妙的一種力量，一般武俠小說之中多有涉及，金庸武俠小說之中，很多地方，也用到內力這種武功，而且推為武學之宗。

很多人喜歡用所謂「科學角度」去解釋武俠小說中描述的一些現象，於是，便強作解人，說什麼「內功」、「內力」，是人體內的一種潛能，得到了充分的發揮，云云。

本人十分反對這種牽強的解釋，認為武俠小說中所描述的一些玄妙的武學上的現象，根本不必去做任何所謂「科學上的解釋」，當它們是一種現象存在就可以了。而這種現象，也只存在於武俠小說之中，是武俠小說的專門名詞。這些現象，發生在武俠小說中的人物身上，構成這個人物本領的高低，促成這個人物的遭遇是幸抑或不幸，也推動整部小說情節的進展。

它們就是這麼一回事，不看武俠小說的人，百思不得其解，看武俠小說的人，自然而然知道，內力，是透過一定的法門，不斷運轉真氣而修習得來的一種力量。其力也，有陰有陽，有正有邪，視其修為的程度而發揮其力量，武學高手，大都靠之來克敵制勝。像《射鵰》中的洪七公，降龍十八掌的威力，也靠內力來發揮，一旦內力消失，只怕招式再精妙，也打不過一個壯漢。

所以，內力是武學的靈魂，招式則是技巧，兩者相輔相成。這是武俠小說中特有的一種描寫方法，若是去深究「有無可能」，那是膠柱鼓瑟、極煞風景的事。

「火燄刀」對「六脈神劍」的結果，是六脈神劍取勝，但鳩摩智以一敵六，也足以自豪了。

◆丐幫和慕容家的衝突

《天龍八部》中第二次大戰的雙方，是丐幫和慕容家，結果喬峯一出場，便自以戰止戰，連一陣風風波惡都不敢再發作，喬峯之威，於此初現。

◆聚賢莊之戰

第三次大戰，就是聚賢莊之戰。這場戰役，寫得慘烈悲壯之極，與戰雙方，一方只是喬峯一人，另一方則是中原的武林豪傑數百人。

這一戰，喬峯若不是他父親出現救走，以喬峯的神威，一樣難於倖免。

這一戰的氣勢之大，交戰動手之前，飲酒絕交的場面之壯，在武俠小說中極少有這樣的場面。金庸小說之中的武鬥場面，自然多到不可勝數，但是也沒有一場像聚賢莊大戰那樣，看得人連氣也喘不過來，而看完之後，又只好掩卷長嘆一聲的。

這場戰役之特別，不但是在於一方只有喬峯一個人，而且在於喬峯這個人，讀者明明知道他是站在「正」的一方。而他的敵人，中原豪傑，也無不是俠義英雄。偏偏就是雙方有解不開的死結，牽涉到了漢遼之間的民族仇恨和無數往事。

於是，讀者皆不希望有這一戰，但是這一戰又偏偏非發生不可。雖然喬峯一上來就用「太祖長拳」，但那又有什麼用？除了拚個你死我活之外，其餘一切言、行，皆屬白搭！打到後來，與戰的雙方，簡直都失了理智，全然成為各憑一生絕學拚死活了。其間經過之慘烈，真是令人氣為之結，而寫來又有條不紊，每一個人的身分、武功，絲毫不亂，百忙之中還夾雜了趙錢孫看到譚婆（小娟）救了他之後的反應，真是筆下紛呈，無可再妙。

◆少林寺大戰

第四次大戰，不如聚賢莊之戰那樣慘烈，但其規模卻更大，參與的高手也更多，幾乎集中了全書的精英。這場大戰，發生在少林寺的寺門之前。

參與的高手，有游坦之、少林高僧、段譽、虛竹、丁春秋、慕容復等等，自然也有蕭峯。

蕭峯和他所率領的燕雲十八騎突然趕到之際，金庸用字之簡潔有力，真要看得人大聲呼嘯，以壯氣勢，這一段原文，非引用不可，並逐句加評：

但聽得蹄聲如雷（有天威之壯），十餘乘馬疾風般捲（是捲，這捲字用得多好！）上山來。馬上乘客（這兩字稍弱）一色都是玄色薄氈大氅，裏面玄色布衣（玄色衣，黑色馬，大氅在急馳之際，必然揚起，加上如雷蹄聲，簡直就是烏雲蓋天的景象），但見人似虎，馬如龍（先是，「但聽」，聲才入耳，便是「但見」），人既矯捷，馬亦雄駿，每一匹馬都是高頭長腿，通體黑毛（急馳之際，馬鬃飛揚，大氅迎風有聲，想想是什麼景象！），奔到近處，羣雄眼前一亮，金光閃閃（已經氣象萬千，至於極點，忽然又異軍突起），卻見（眼前景象又起突兀）每匹馬的蹄鐵竟然是黃金打就（這時，誰還理會得黃金太軟，不能當蹄鐵？）。來者一共是一十九騎（必然要「一十九」，不能除去「一」字，只用「十九」），人數雖不甚多，氣勢之壯，卻似有千軍萬馬一般（真如千軍萬馬！），前面一十八騎奔到近處，拉馬向兩旁一分（急馳而來，陡然拉馬，馬蹄翻飛，黑鬃飛揚，嘶聲不絕，這是何等氣派的景象！）最後一騎從中馳出（喬幫主到了！）。

讀者看到這裡，真是熱血沸騰！再接下來，蕭峯一出手，「亢龍有悔」，丁春秋便自落荒而逃，武學高手之中，再無一人，像蕭峯一樣，靜若山岳，動若游龍，那真是人中龍鳳的絕頂人物！

第四次大戰，參加人物眾多，到最後，連蕭遠山、慕容博也一起出場，這一場大戰，一直到少林寺中一個無名老僧出來講佛，才告一段落。

少林老僧那一段，最宜仔細看，一看再看三看四看：

「居士沉迷於武功……找到一冊『伏魔杖法』，卻歡喜鼓舞而去。唉，沉迷苦海，不知何日方得回頭？」

任何學武之人，如獲至寶的武功秘笈，只是「苦海」，但世人沉迷苦海的多，回頭的少！

「兩位居士乃當世高人，卻也作此愚行。」

越是高人，愚行越甚！

無名老僧的話中，字字精義。武俠小說中，每每有佛、道之義，但未見有如此精闢者。

◆前奏曲：小無相功

在第四次大戰之前，有一個前奏曲，就是鳩摩智到少林寺去耀武揚威，技壓群僧。鳩摩智以一人之力，先到天龍寺，再到少林寺，可以說難得之極。不過這裡有一個疑點，鳩摩智使的是「小無相功」，給虛竹一下子就看了出來。「小無相功」

是逍遙派的功夫，虛竹最擅，鳩摩智的小無相功是何處學來的，《天龍八部》之中，找不到來龍去脈。

鳩摩智長在吐蕃，少來中原，慕容博曾將少林七十二般絕技傳授於他，而慕容博也不會小無相功。

◆大小戰爭，精采絕倫

這四場大戰，貫穿《天龍八部》全書，每一場都驚心動魄。除了四場大戰之外，小戰無數，小到無量劍派的弟子互相殘殺，大到李秋水和天山童姥之戰，每一場都精采絕倫。

金庸小說之中，對武功的描述，誇張而又有趣，武學高手之多，武功名目變化之豐富，武學高手性格之複雜，武林門派之眾多，以《天龍八部》為最。

《天龍八部》在金庸作品之中，是最波詭雲譎、變化多端的一部。在這部變幻莫測的奇書之中，有一個最奇妙的人物——虛竹。

13 虛竹先生

◆截然不同的「獃」

虛竹，從虛竹變成虛竹先生的過程，真是奇之又奇，妙之又妙，趣之又趣。

一個籍籍無名的小和尚，本身有極大的身世隱秘而不自知，一心向佛，可是奇遇卻一樁又一樁降臨在他的身上，使他不但成為靈鷲宮主人，還娶了夢姑。

在冰窖之中，虛竹和西夏公主相會那一段，風光之旖旎，比起《鹿鼎記》中的揚州麗春院大床風光，又是另一番境界。而「天地間第一大誘惑」，別說是虛竹，誰也無法經受得起。

虛竹是極可愛的人物，他的獃頭獃腦，和段譽又自不同。金庸寫了一個獃頭獃腦的人物之後，看來已經寫到盡頭了，可是他偏偏要在同一本書中，再多寫一個獃頭獃腦的人物，同樣是獃，而又截然不同。

虛竹先生的獃，比段譽更可愛，兩個人同樣不願意殺人，殺了人之後，一樣心裡難過。讀者不妨比較段譽在磨坊中殺了人和虛竹殺了三十六島七十二洞的高手之後的反應，可知金庸在拿捏人物性格方面，是如何成功。

如果金庸將虛竹和段譽寫得一樣，那麼金庸也不成其為金庸，金庸的小說，不會有那麼多人看，不會再那麼好看了。

金庸還不以自己寫了段譽和虛竹兩個人為足，還要安排他們在一起。在靈鷲宮中，互相夾纏一番，弄得虛竹先生酩酊大醉。這一節，比諸《鹿鼎記》中韋小寶和胡逸之的夾纏，妙趣尤有過之。

◆虛竹的心境

在《我看》中，曾問了一個問題：「如果由得虛竹自己來選擇，他會選擇什麼？」

虛竹會選擇什麼，不知道。但虛竹有一個好處，做一個普普通通的小和尚，他做得趣味盎然，做靈鷲宮主人，他也做得高高興興，不怨天，不尤人，這樣性格的人，做什麼都不要緊，對他的心境來說，都沒有分別，這是虛竹最為可貴之處。

虛竹這樣的心境，實際上，已經領悟到了佛法的精義：

庶民如塵土，帝王亦如塵土。大燕不復國是空，復國亦空。

小和尚如塵土，靈鷲宮主亦如塵土，沒有奇遇是空，有奇遇也是空。正是：

輸贏成敗　又爭由人算

且自逍遙沒誰管
奈天昏地暗　斗轉星移
風驟緊　縹緲峯頭雲亂
紅顏彈指老　刹那芳華
夢裏真真語真幻
同一笑　到頭萬事俱空
胡塗醉　情長計短
解不了　名韁繫嗔貪
卻試問　幾時把痴心斷

一闋〈洞仙歌〉，是金庸所作《天龍八部》第四集的回目，也是《天龍八部》全書之旨。

一九八〇年十二月二十日　台北，林肯大廈

第三章

倚天屠龍記

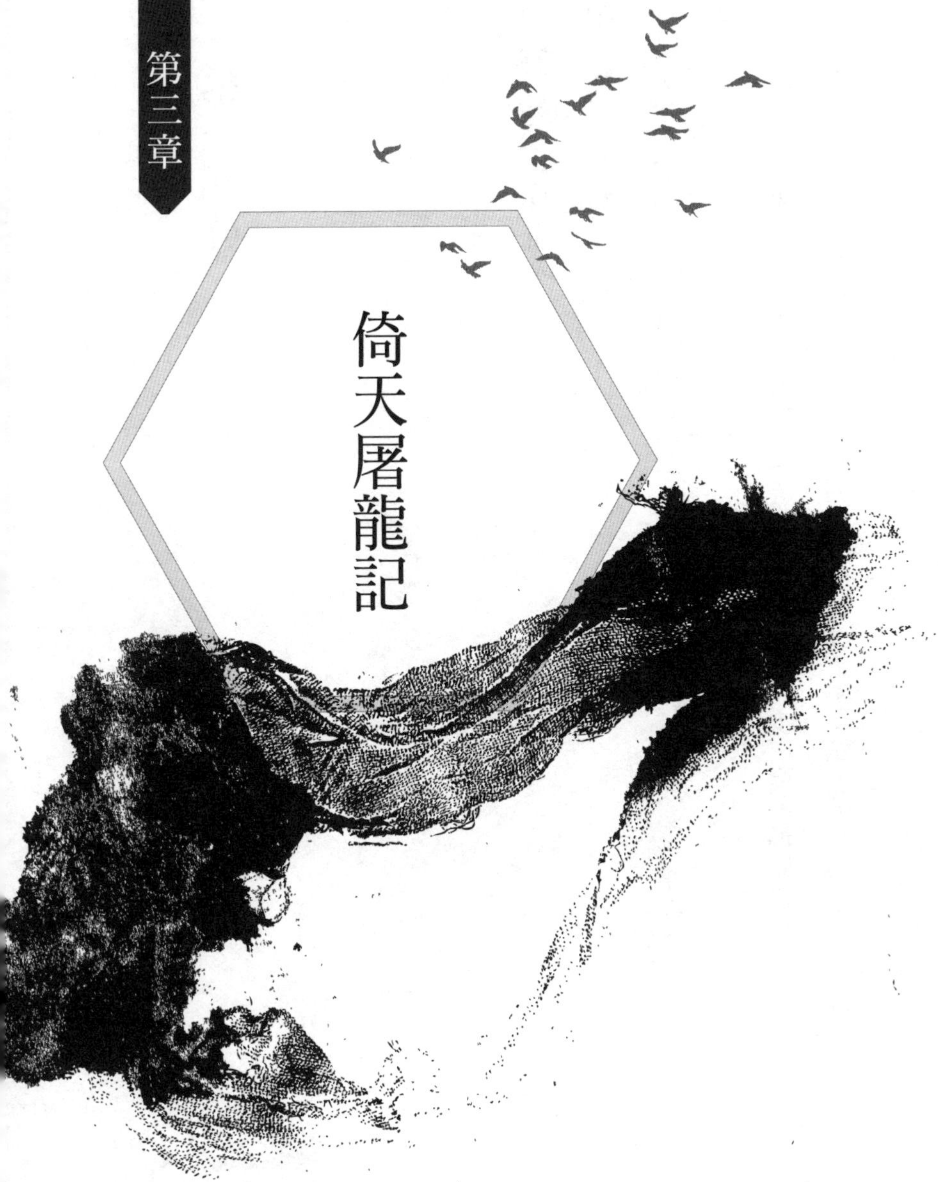

1 第一部分

◆承繼《神鵰俠侶》而來

《倚天屠龍記》全書，分為上、中、下三部。這三部，或稱三部分，全然可以自成段落，但是摻合在一起，又成為一整部，結構十分奇特。

《倚天屠龍記》的第一部分，是承繼了《神鵰俠侶》而來的，出場人物是郭襄（那時郭襄仍然只是一個小姑娘）、崑崙三聖何足道、覺遠大師、張君寶、少林寺眾高僧等等。

其中，郭襄、覺遠、何足道等，都是在第一部分之中出現了之後，就此不再在書中出現的人物。何足道出現在少林寺，目的是將張君寶引出來而已，這個人物無關重要，郭襄出現的目的，則只是表示《倚天》是接著《神鵰》而來的，在《倚天》中也沒有什麼地位可言。但有兩個無名無姓的人，卻是《倚天》全書之中，極其重要的人物。沒有了他們，根本就沒有《倚天》所有故事的發展。

◆開少林寺的玩笑

第一部分中十分有趣的一節是何足道上少林寺，和少林寺眾高僧大打出手，結果若不是張君寶這個少年出頭，少林寺千載威名，就要毀於一旦。

這一節本來也沒有什麼有趣，但是因為同樣的情節，出現在金庸筆下次數甚多之故，所以才覺得有趣。

金庸的武俠小說中，和所有的武俠小說一樣，都寫少林寺為武林泰斗。可是開少林寺玩笑之多，也堪稱空前絕後。

一個人上少林寺，整得少林寺眾高僧狼狽不堪的情節，《倚天》有（結果是張君寶打救），《天龍八部》也有（結果是虛竹打救）。《鹿鼎記》中，韋小寶到少林寺去做和尚，《笑傲江湖》中，令狐冲率領群豪到少林寺去大鬧。少林寺方丈勾引人家十八歲大姑娘，少林高僧不通世務，等等，都是在開少林寺的玩笑。

何足道大鬧少林寺，張君寶挽回了少林寺的聲譽，反倒惹下了大禍這一節，又引出少林寺多年前的一段秘隱來，說明了少林寺分出了西支，以及一個火工頭陀的狠辣功夫，分成了三支，伏下了後面第二部分中，俞岱巖受傷的伏線。

第一部分中，最出色的人物自然是張君寶，這位後來成為「中國武學史上不世出的奇人」的張君寶，其時只不過是一個少年。

◆無名無姓的鄉下男女

在《倚天》中，這個少年一生命運的轉捩點，只不過是於無意之中，聽到了一男一女兩個鄉民的對話：

「你一個男子漢大丈夫，不能自立門戶……當真枉為生於世間了。」

「常言道得好：除死無大事。難道非依靠別人不可？」

這幾句話，在當時「但覺天地茫茫，竟無安身之處」的張君寶聽來，真如當頭棒喝，又覺得含有無限機鋒。本來，張君寶已經受了郭襄的一隻金絲鐲兒，要到襄陽去見郭靖的了。

張君寶的性格武功，若是到了襄陽，郭靖見了一定大喜，不是「說不定會收了做徒兒」，而是一定會收之為徒，那麼，張君寶的一生，和後來張三丰的一生，就會截然不同。他若不是和郭靖一起，與襄陽共存亡，死在襄陽保衛戰之中，也必然不能成為不世出的武學奇人。

但是人生的際遇，往往就是如此奇妙。張君寶晚不休息，早不休息，恰好在那一雙鄉下男女經過時，在道旁休息，聽到了他們的對話，觸發心境，決了心意，不再去投靠郭靖。

算算或然率的話，張君寶和這雙鄉下男女見面的機會之微，微到了極點，刻意安排，尚且未必能夠遇見。但他們偏偏遇上了。

我們每一個人，在一生之中，其實都不知有多少這樣的機緣。在馬路上走，迎面有一個陌生人來，左邊有一個陌生人擦肩而過，誰也不會加以注意。但是和這個陌生人迎面、擦肩而過的機會，同樣是微乎其微，以後可能一輩子再也見不到這個陌生人了，這同樣是一種機緣。

人和人之間，人和物之間，物與物之間，能相遇、相合、相聚，全有不可知的機緣在。這種相遇、相合、相聚，可能對身在其中的人，一點也不發生影響，也可能對當事人，產生天翻地覆的影響。

任何人的一生，充滿了這樣可以發生變化的機會。在變化之中，選擇哪一條路去走，決定這個人的一生。

所以，那根本連名姓都沒有的一雙鄉下男女，是《倚天》中極其重要的人物，他們自顧自的對話，影響了張君寶的一生。

而如果張君寶不是成了張三丰，自然沒有武當七俠，沒有殷素素、張翠山之戀，沒有了張無忌，也就沒有了全部《倚天屠龍記》。

◆金絲鐲兒

在第一部分之中，還有一樁十分令人懷念的小東西，就是自郭襄腕上褪下的那一隻金絲鐲兒。

那一隻金絲鐲兒，落在張君寶的手中，張君寶後來在武當山「渴飲山泉，饑食山菓」，只怕也沒有什麼機會將之變賣了換銀子去胡調。

那隻鐲子，想來一定仍然在張三丰的手中。

後來，郭襄創了峨嵋派，傳到了滅絕師太，滅絕師太有一個女弟子叫紀曉芙，和張三丰的弟子殷梨亭有婚姻之約，當日訂婚之際的聘禮不知是什麼？最合適的，莫過於當日自郭襄腕上褪下來的那隻金絲鐲子了。

2 第二部分

花開花落，花落花開。少年子弟江湖老……

第二部分一開始，已至少是七十年以後的事了，張三丰從一個瘦少年，變成了年屆九十的武林泰斗。

第二部分的主要人物是張翠山、殷素素和金毛獅王謝遜，張無忌在第二部分中，只是一個小孩子，在冰火島上，可憐得要死，本來還有一隻猴子和他作作伴，經過金庸修訂之後，連逗猴為戲，和猴子一起翻翻斛斗的樂趣都被剝奪了。反倒常被謝遜「又打又罵」，打到了「身上青一塊、烏一塊」的地步。想想金毛獅王謝遜武功蓋世，出手如何之重，真是伸一根指頭就可以要了小無忌的命，小無忌的童年，殊不快樂，可想而知。

第二部分，是由屠龍刀引出來的。由屠龍刀引出謝遜、引出張翠山和殷素素的關係。其間又寫了殷素素行事的神出鬼沒。後來，到了冰火島上，才又將三個人連結在一起，又倒敘了謝遜和他師父成崑之間的關係，以重回中原，張翠山、殷素素夫婦雙雙自殺，作為結束。

3 第三部分

第三部分佔《倚天屠龍記》的百分之七十，這才是正傳，主角變成了張無忌、明教，以及和張無忌發生了種種戀情上糾纏的女子。

這一部分的情節，錯綜複雜，互相糾纏，但始終是以明教為一條主線下來的。細節及有感想的地方，留在後面詳述。

4 張翠山和殷素素

◆有關俞三俠的疑點

張翠山是武當七俠的第五俠，殷素素是天鷹教教主的女兒。殷素素初出場時，氣氛寫得極詭異，只覺得她來頭極大，高深莫測，在錢塘江的船上，用「蚊鬚針」傷了俞三俠，在龍門鏢局之中，大發神威，令都大錦送俞岱巖上武當去。

在這裡，頗有一點不明之處，天鷹教的教眾極多，為什麼自己不派人護送，而要去託龍門鏢局？無論從哪一個角度來看，都大錦的武功都是六、七流角色，天鷹教隨便派幾個人出來，也比都大錦強，又何必多此一舉？更不明白的是，「蚊鬚針」、「七星釘」難道都沒有解藥？如果有了解藥，俞三俠又不是尋常人，自己總可以走動了吧？何以還要人送，躺在擔架中，生死由人？

這是一個疑點，由這個疑點而發生出來的事情極多、極大，非同小可，所以疑點實在有澄清的必要，但是翻來覆去看看，都無法找到答案，仍然是疑點。

◆莫名其妙的性格

殷素素第一次見張翠山，寫得極詭秘，張翠山：

忽聽得背後有人幽幽嘆了口氣。

這一下嘆息，在黑沉沉的靜夜中聽來大是鬼氣森森……斜睨舟中遊客，只見他青衫方巾……側面的臉色極是蒼白……冷冷冥冥，竟不似塵世間人。

殷素素那時，正是在龍門鏢局大開殺戒之後，她獨坐舟中，似乎已經預想到日後大難將至，所以心情特別靈空，預感中將來的不幸，使她的心情超出了時空的限制，這時候的氣氛，當然怪異之極。所以，後來殷素素寧願在冰火島上終其生，不願意回到中土來。

殷素素女扮男裝，裝束和張翠山差不多，恐怕不是有意模仿，因為即使她在其他場合曾經見過張翠山，以殷素素的身分而論，也沒有理由突然心生愛意。

不過，張翠山和殷素素第一次見面，倒談得極其投契。他們相見的情形，和郭靖、黃蓉初見時有點相像。同樣在湖邊，女方在舟中。而且女方的身分，也全是被正人君子認作是「妖女」的那一類。

張翠山初見佳人，反應甚怪異：

一愕之下，登時臉紅，站起身來，立時倒躍回岸。

殷素素多半知道張翠山的性格，要維持一種道德君子的形象，所以並沒有什麼表示，只是唱了一首歌兒，盪舟而去。

果然，張翠山行動如此古怪，但是心頭，在一見了「玉頰微瘦，眉彎鼻挺，一笑時左頰上淺淺一個梨渦」的少女之後，心境也不能平靜：

……思如潮湧，過了半個多時辰，這才回去客店。

半個多時辰，那至少超過一小時。在這一小時多的時間中，張翠山先生在想些什麼？人家早就搖著船兒走了，還等什麼？希望人家回來？既然在人走了之後望人回來，何不當時不倒躍回岸？還是在想少女歌中的相約之詞，是不是該去赴約？

張翠山的性格就是這樣莫名其妙。他不是沒有真性情，可是偏偏要諸多做作，維持一種「俠義」的形象，大凡這樣的人，有一種行動的準則，就是在大眾面前，一定要努力維持形象，到了無人看見的時候，是怎麼樣一個情形，反正沒有人看到，自然也無關緊要了。

所以，如果不是後來張翠山和殷素素到了冰火島上，反正再「英雄俠義」，也沒有人看到，張翠山絕不會和殷素素成婚的。

也所以，一回中土，張翠山知道了殷素素當年曾傷過俞岱巖，忽然「悲憤」發作，立時要自殺，因為又到了有人的地方，他死也要維持形象。這類性格的人，真是又愚又可憐！

◆想愛又不敢愛

張翠山第二次見殷素素，情形和第一次並無不同，也知道了殷素素是女子，可是第二次，就「輕鬆躍上船頭」了。從「立時倒躍回岸」和「輕鬆躍上船頭」之間，並沒有發生任何變化。「立時倒躍回岸」自屬多餘，張翠山多少有點假道學，似屬無可否認。更妙的是，當張翠山看到殷素素「清麗不可方物」之後，忽然又「轉身躍上江岸，發足往來路奔回」，一之為甚，豈可再三！如果張翠山那年十三、四歲，少年人看到異性，這種表現，理所當然，但此時張翠山已是名滿天下的武當七俠之一，兀自這副德性，真是不敢恭維，叫人哭笑不得！

上岸奔出「十餘丈」，又「斗然停步」，舟順流而下，他也跟著走，天下起雨來了，張、殷之間的對白，儼然是賈寶玉和小紅之間的對白，再接下來，便是一人在舟，一人在岸，邊講話，弄明白了殷素素的行為之後，張翠山又「躍上了船頭」——這一次，已是兩去兩來了！

殷素素可能看穿了張翠山這種想愛又不敢愛的怪行動，所以也以怪行動對付之，將自己手背上所中的毒暗器拍進肌裡，引張翠山出手。殷素素後來的行徑，並不怪異，初見張翠山時反倒如此，原因多半在此。

◆擺俠義架子

在這一大段情節之中，有一個十分重要的地方，值得提出來研究一下。

初相識，在船上，殷素素已經詳細向張翠山說明了俞岱巖受傷的經過，如何被假扮的六個人截了去，如何她叫龍門鏢局送俞三俠到武當。如何龍門鏢局護送不力，她殺了龍門鏢局中的人，一切經過情形，只隱瞞了一件，就是在錢塘江中，用蚊鬚針傷了俞岱巖一事。但那一針之傷是無關緊要的，一到武當，就可以醫得好。

道。

那也就是說，張翠山根本早已知道了殷素素所做的一切事，並不是一點也不知道。

在已經知道的情形下，後來兩人又做了夫妻，連孩子都十歲了，何以還會一聽得殷素素說出針傷俞岱巖，便自：

全身發抖，目光中如要噴出火來？

所以張翠山的性格，自始至終，都十分不穩定，在沒有人的時候好，一到了要擺俠義架子之際，就變得沒有人情味，不單對他人如此，對他自己也是如此，莫名其妙就抹了脖子。在抹脖子之前，也不想想看令俞岱巖終身殘廢的究竟是什麼人，冤有頭，債有主，將這筆帳一股腦兒算在殷素素身上，真是不公平至於極點。

殷素素嫁了這樣一個人，真是無可奈何之極。

張翠山和殷素素的這一段，令人怏怏不已。

5

謝遜、成崑、陽頂天和陽夫人

只見大樹後緩步走出一個人來。那人身材魁偉異常，滿頭黃髮，散披肩頭，眼睛碧油油的發光，手中拿著一根一丈六七尺長的兩頭狼牙棒……威風凜凜，真如天神天將一般。

這個人，就是明教四大法王之一的金毛獅王謝遜。

謝遜在《倚天》之中所佔的地位，極其重要，許許多多的情節，都和他發生關係，一直可以上溯到明教前任教主夫婦間的事，和成崑有關，也和他有關。謝遜如果不是謝遜、而是另一種性格的人，《倚天》的整個故事發展，就要重寫。

◆謝遜的不可理解處

不過謝遜也做了一件相當莫名其妙的事。在南海無名小島之上，周芷若盜了屠龍刀，傷了殷離，做了許多壞事，張無忌全然被蒙在鼓裡，而謝遜則從頭到尾，知道得清清楚楚，他為什麼一直不講？開始時還可以說是怕張無忌敵不過周芷若，講了出來會弄巧成拙，但後來回歸中土，其時武功強弱的形勢，已十分分明，他居然還是不說，真不知心中打的是什麼主意。

固然，因為謝遜不說，以致日後生出無數事來，豐富了《倚天》的情節，但以謝遜這樣直性子的人，居然非但不說，而且在事情發生之後，大力撮成張無忌和周芷若的婚事，這就有點令人難明。

謝遜明知周芷若是險惡小人，還要：

「替你作主，娶了她為妻。」

而且心還急得很：

「揀日不如撞日，咱們江湖豪傑，還管他甚麼婆婆媽媽的繁文縟節，你小倆口不如今日便拜堂成親罷。」

謝遜這樣做，究竟有何作用，也是百思不得其解。

謝遜除了做這件事不甚可解之外，其餘所作所為，雖然激起武林公憤，但是於情於理，全是可以理解的。

◆濫殺無辜，性格衝動

謝遜最大的罪惡是濫殺無辜，殺了人之後，就題上「殺人者成崑」字樣，想藉此引成崑出來。

成崑殺了謝遜全家，血海深仇，非報不可，謝遜在實在沒有辦法之中，用了這個辦法，當然是愚不可及，自己給自己更增添麻煩，不過病急亂投醫，一個人，家庭遭了這樣慘變，而謝遜又是如此性情中人，不守世道規矩的，再要他理智地來處理這件事，那就滑稽得很，非胡來不可。

謝遜的性格十分衝動，他究竟是什麼地方人，《倚天》中沒有交代，他不是中國人，看他的樣子：「身形異常魁偉」不奇，「一頭黃髮」就很可疑，再加上「雙眼碧油油的發光」，金髮碧眼，哪是中國人？而且他對波斯美人黛綺絲的感情特別好。紫衫龍王是波斯人，謝遜如果也是洋人，雙方之間的感情，便比較容易拉近一些。

金髮碧眼的，北歐人居多，謝遜是北歐人乎？或者不會自那麼遠來，來自南歐的可能性比較大，可能是順著「絲綢之路」來的吧？而且，他也不會是歐亞混血兒，純歐洲人的可能性比較大，因為遺傳原理，深色素佔優勢，歐亞混血，眼珠是碧色的機會極少。

《倚天》的背景是元朝，馬可孛羅早百餘年就到中國，謝遜原籍義大利的可能性很大。

謝遜在家遭巨變之後，精神狀態已經極不正常，而且還會時常發瘋。這種病症，在醫學上稱之為「間歇性瘋癲症」。不發作之際，和常人無異，一發作，和瘋子一般。

謝遜的瘋病，自然是刺激過甚而來，每次發作，謝遜總是叫：「我妻子給人害死了，我母親給人害死了。」或者叫：「你為甚麼殺死我媽媽，殺死我的孩兒！」

這真是人世間的大悲劇，金庸在《飛狐外傳》中，曾寫了一個女瘋子，因為孩子被冤枉偷吃了鵝而死所以變瘋，這個女瘋子只不過是一名普通的鄉下女子，而謝遜則是大英雄大豪傑，名揚天下的人物。然而，在感情上，在他們因為悲痛而至於神經錯亂這一點上，他們都是人，人有人的感情，不論是鄉下人還是英雄豪傑，並無二致，全是人。

◆三角戀愛釀成悲劇

謝遜的家庭慘變，來自他的師父，混元霹靂手成崑：這個成崑，是《倚天屠龍記》之中，第一大奸大惡的惡人。

成崑殺謝遜的家人，是有計畫、有預謀的行動，成崑「知徒莫若師」，對謝遜性格上的弱點，知道得十分清楚，知道一旦給他受了慘重的打擊，謝遜這個外國人，一定會發瘋，會鬧得整個武林天翻地覆。

成崑之所以要害謝遜，說起來，事情和謝遜本身根本一點關係也沒有，關係是在另外一男一女身上，那一男一女，是陽頂天和陽夫人。

陽頂天，是明教的教主，而陽夫人，則是成崑的戀人——師妹。

一場大悲劇，一場大混亂，竟是從男女私情、三角戀愛種下的因，真是長江大河始由濫觴，大風起於萍末，令人浩嘆。

而其中最關鍵性的人物，就是在書中無名無姓的這個女子——陽夫人。

陽夫人是成崑的師妹：

「兩人從小便有婚姻之約，豈知陽頂天暗中也在私戀我師妹……我師妹也心志不堅，竟爾嫁了他。」

這女子嫁了陽頂天，本來也可以相安無事，偏偏又：

「婚後並不見得快活，有時和我相會。」

成崑和陽夫人私通，仍然心懷大憤：

「……將我愛妻霸佔了去，我和魔教此仇不共戴天。」

成崑心中的怨憤，至於極點：

「成崑只教有一口氣在，定當殺了陽頂天，定當覆滅魔教。」

陽頂天後來等於是死在成崑之手的。因為陽頂天發現了他和陽夫人在秘道幽會，一怒之下，真氣走入岔道，真是非死不可。

陽頂天一死，明教真是不可收場，一直到六大門派圍攻光明頂，全是那時種下的因。陽頂天的遺囑，要謝遜暫攝副教主之位，也未能傳達出來，以致教中各頭領，互相爭奪，互不相讓，四大法王各奔東西，左右光明使更互不見面，五散人流落江湖，偌大一個明教，幾乎就此風流雲散，成崑也算是厲害之極的腳色了！

而這一場大禍，又全是陽夫人三心兩意引起的，陽夫人可以不嫁陽頂天，也可以嫁了陽頂天之後，不和成崑來往，事情就會簡單得多。

不過，這位陽夫人實在也是可憐人，陽頂天和成崑，她實在不知該選擇哪一個才好，而她又不幸是一個女人，從古至今，一個男人有兩個愛人，不足為奇，但是一個女人若然有了兩個男人，那就是大逆不道之至，誰也不會原諒，所以陽頂天一死，陽夫人也只好跟著死。

結果是兩敗俱傷：陽頂天娶到了人，要不到心；成崑得到了她的心，卻得不到她的人。

這是一個社會壓力、個人感情交織而成的大悲劇，影響了許許多多人，也是《倚天屠龍記》中最重要的一則感情穿插。

◆陽頂天的失職

陽頂天這個人，在《倚天》中，金庸著墨不多，看起來，這個人並不是太可愛，不知道何以四大法王、左右使、五散人等，都對他十分服貼，也不知道他是憑了什麼當上明教教主的。

在他當明教教主任內，至少有兩件十分失職的事，第一，是帶了陽夫人進秘道。

這秘道是明教的莊嚴聖境，歷來只有教主一人，方能進入，否則便是犯了教中決不可赦的嚴規。

請注意，是「決不可赦的嚴規」！可是陽頂天居然犯了，他：

雖然極不願意，但經不起她軟求硬逼，終於帶了她進去。

也就是說，陽頂天犯了「決不可赦的嚴規」，而經過只不過是經不起一個女人的「軟求硬逼」。這個人的為人如何，可想而知，決計不是什麼英雄豪傑式的人物，可以肯定。

第二件，是韓千葉上光明頂去挑戰，陽頂天以教主之尊，雖然他「武功之高，幾已說得上當世無敵」，但是一看到韓千葉等上門來，人家說出了比武的方法，他竟然不敢答應：

沉吟半晌，說道：「……這場比武是在下輸了，你要如何處置，悉聽尊便。」

雖然說陽頂天不熟水性，但內功高深的人，到了水中，總不至於一籌莫展。楊過在澗水中練功，山洪暴發之際，水勢何等急驟，水性再好，也不免被淹死，楊過也可以挺立在水中，屏住氣息，與山洪之力相抗，也可以練劍。歐陽鋒被困在冰塊之中，過了幾個時辰，也不過嘔出幾口黑血而已。

可是陽頂天硬是連試都不敢試，便自認輸，天下哪有這樣的教主，哪有這樣的絕世高手！

作為教主，自然失責之極了。

雖然，由於陽頂天的窩囊，而引出了紫衫龍王黛綺絲的那一大段情節來，但陽頂天實在不是什麼好人物，當無疑問。

陽頂天這樣的一個人，陽夫人當年「心志不堅」嫁給他，當然婚後不會快樂，成崑再乘虛而入，想到這裡，誰也不忍苛責陽夫人，只好算是天意吧！

6

神秘人物黃衫女子

◆楊過和小龍女的後代

《倚天屠龍記》中，有一個神秘之極的人物——黃衫女子。這個神秘人物第二次出場時：

四名白衣少女翩然上峯，手中各抱一具短琴，跟著簫聲抑揚，四名黑衣少女手執長簫，走上峯來。黑白相間，八名少女分佔八個方位，琴簫齊奏，音韻柔雅。一個身披淡黃輕紗的美女從樂聲中緩步上峯……

其去也：

黃衫女子微微一笑，說道：「終南山後，活死人墓，神鵰俠侶，絕跡江湖。」說著斂衽為禮……飄然而去。

這黃衫女子，張無忌問她姓名，她就唸了這十六個字。然而，可以知道她姓楊：

史紅石指著黃衫女子，說道：「我媽媽在楊姊姊家裏養傷。」眾人直至此時，方知那黃衫美女姓楊。

姓楊，又是從活死人墓來的，由這兩點線索，可以知道這位黃衫女子，必定是神鵰大俠楊過的後人。

然而，她是楊過的什麼人呢？

◆孫女或曾孫女？

楊過和小龍女絕跡江湖之後，自然是回到活死人墓去了。那時候，離郭襄到少林寺，不會太久，可能遲上一兩年，因為楊過可能還幫郭靖守了些時襄陽。

那時，張三手是少年，算是十六、七歲吧，到黃衫女子出現之際，張三丰已是百歲高齡了，其中時間相差了八十年左右。

八十年，一般而言，可以傳三代了。

也就是說，楊過和小龍女若有子女，三十年後，再有子女，再三十年，再有子女，便是這個黃衫女子。

這個黃衫女子是楊過和小龍女的曾孫女兒的可能性最大，當然也有可能是孫女兒。小龍女進入活死人墓時，已經三十六、七歲了，要生育，當就在兩三年間事，不會再過太久。楊過和小龍女的兒子，可能遲婚，但也不會遲到四十歲之後，所以以曾孫女的可能性最大。

在活死人墓中，楊過和小龍女，到這個黃衫女子，其中已傳了三代，上兩代是怎樣的人物？楊過的兒子，是如何找到配偶的？配偶又是什麼人？其間又有些什麼經過？楊過的孫子，又是如何找到配偶的？配偶又是什麼人？又有些什麼經過？這個黃衫女子飄然而去之後，又如何？

這裡面不知發生了多少事，牽涉到多少人！可供想像的天地之廣闊，簡直無可言喻！

金庸若有意再執筆寫武俠小說，全世界萬千讀者，理應聯合起來，請金庸寫這些人物的故事。

◆收養的可能性

金庸若是根本不提楊過和小龍女的後人，倒也罷了，偏偏又在《倚天》裡讓她出現了兩次，每次出場，都看得人心曠神怡，但是卻也吊足了胃口，弄得讀者不知如何才好，真是罪過。

這個神秘的黃衫女子，還有一個可能性，就是她不是楊過、小龍女的後代，而是收養的。

如果楊過、小龍女並沒有子女，而這個黃衫女子又是一個身分不明的孤女，被楊、龍發現收養，那麼，她姓楊，也是順理成章的事情。

不過這其中可能還有一個轉機，因為年份實在太久遠，經過了八十年之久，楊過和小龍女再長命，也不可能到將近一百歲時，才去收養一個孤女（當然也有可能，但可能性不大）。

那麼，這個轉機應該是怎樣的呢？有可能是楊過的子孫收養的，也有可能是收養的一個孩子的女兒，更有可能是收養的孩子再收養的。

總之，黃衫女子的身分神秘，和那個鼻孔朝天、樣貌醜陋的丐幫幫主之女史紅石，可以構成一部小說的原始題材。

7

趙敏

趙敏（舊版叫趙明），蒙古人，汝陽王察罕特穆爾的女兒，原名敏敏特穆爾，官銜是紹敏郡主。

趙敏是《倚天》的女主角，是最後和男主角張無忌在一起的女人。可是在《倚天》之中，趙敏出場甚遲，一直到書中的情節已經鋪陳了百分之六十之後，她才出場。一出場，就成為極重要的人物，一直到全書結束為止。

◆金庸筆下趙敏之美

趙敏是金庸筆下，諸多女性人物之中，較為特出的一個，和別的女主角都大不相同，金庸似乎用了特別多的筆墨，來形容她的美麗。

一般來說，蒙古女性，圓臉、扁鼻、膚色特黃、眼睛小，這是典型蒙古人的特徵，美女不多。或許是由於這一點，所以金庸特別強調趙敏的美貌，隨便拈幾個例子可以證明這一點，其餘金庸筆下的女性，皆無如此幸運。

相貌俊美異常，雙目黑白分明……握著扇柄的手，白得和扇柄竟無分別。

這是初出場時的情景。趙敏初出場時，也是女扮男裝。她手中的摺扇，白玉為柄。以紹敏郡主之尊，當然不會用劣質的白玉。而上佳的白玉，色澤之白膩，人盡皆知，趙敏的膚色竟和上佳白玉沒有分別，其美可知。

在以後，還有不少處，金庸特別強調趙敏膚色之白，相當有趣。

眼見她臉泛紅霞，微帶酒暈……十分美麗之中，更帶著三分英氣、三分豪態……

那是綠柳莊初次相會時，張無忌和明教群豪眼中的趙敏，以致「不敢逼視」，那是十分的人才。

等到趙敏換過了一件黃綢衫之後：

更顯得瀟灑飄逸，容光照人。

及至趙敏令眾人中毒昏倒，張無忌回去，和趙敏一起跌在陷阱之中，張無忌虐待趙敏，逼趙敏放他出來，趙敏受了虐待之後：

背影婀娜苗條，後頸中肌膚瑩白勝玉。

噫，這是何等動人的景象，難怪張無忌要「微起憐惜之意」了。妙是妙在張無忌對他認識的女孩子，雖然一直都很好，但那時他和趙敏，完全處於敵對狀態。明教群豪，中毒昏迷，生死不明。可是張無忌和趙敏在一起，竟會「心神一蕩」。這是暗寫法，可知趙敏之美，自有其驚心動魄之處。

只見趙敏一人站在當地，臉帶微笑，其時夕陽如血，斜映雙頰，艷麗不可方物。

好一幅美女斜陽圖，比起《紅樓夢》中，薛寶琴披了大紅毛氅，站在雪地之中的景象，毫不遜色。

眼見趙敏白裏泛紅，嫩若凝脂的粉頰之上……

又一次強調白、嫩，不但手白、頭白，臉頰更白，引人遐思，莫過於此。金庸寫到這裡，還嫌不夠：

淺笑盈盈，酒氣將她粉頰一蒸，更是嬌豔萬狀。

那是和張無忌在小酒店中約會時的情景，張無忌幾時曾見過這樣的美人，只好：

那敢多看，忙將頭轉了開去。

尋常美女，每能吸引異性的眼光，但那只不過是尋常的美女而已，如果超級美女如趙敏者，異性是不敢看的。張無忌那時，就算多看趙敏幾眼，趙敏也必不會見怪，打什麼緊。但硬是不敢看，怕看了之後，不知如何才好，將一切全都拋諸腦後了也！

後來，張無忌敢看了，看了之後，結果如何？結果是：

但見她蒼白憔悴的臉上情意盈盈，眼波流動，說不盡的嬌媚無限，忍不住俯下頭去，在她微微顫動的櫻唇上一吻。

這一吻，趙敏昏了過去，張無忌心中，也一樣昏了過去！

金庸筆下的美女極多，但花了那麼多筆墨來形容其美的，當推趙敏為首。這個蒙古女性，將其餘所有的美女，全比了下去。

◆超絕的內在美

蒙古女性趙敏不但有外在美，內在美也是超絕之極。她以郡主之尊，一愛上了張無忌，不論受打擊、受冤屈、受勢力的壓迫，硬是一愛到底，其間絕無反顧、猶豫之處，這是蒙古人性格的表現，漢人女娃，不免要遜色三分。

試看她在面對父、兄對她的愛情干涉之際，所講的那幾句話，何等斬釘截鐵，何等氣概，絕不是要講「孝道」，扭扭捏捏，想愛又不敢愛，弄得窩窩囊囊的漢人女娃所能表現出來的：

「爹爹，事已如此，女兒嫁鷄隨鷄、嫁犬隨犬，是死是活，我都隨定張公子了……眼下只有兩條路，你肯饒女兒一命，就此罷休。你要女兒死，原也不費吹灰之力。」

這是將近一千年之前，出自一個女子口中的話，觀乎今日，還有些女性，動不動「我媽媽怎麼說」，真要令人作三日嘔！

看金庸筆下的趙敏，艷麗到這一地步，她可能不是純蒙古血統的人。汝陽王極好色，姬妾如雲，以汝陽王的勢力而論，自然全是各地美女，不知道趙敏是汝陽王哪一房姬妾所生，很可能是一名白種美女，所以趙敏的皮膚才會白得像玉一樣，要不，中亞一帶，也以美女著稱，趙敏可能有點中亞血統？

趙敏對張無忌一往情深，一則，由於張無忌武功高，那時已將乾坤大挪移神功練成，二則，還是綠柳莊的陷阱之中，張無忌對趙敏的虐待種下的情緣。趙敏以郡主之尊，養尊處優，至於極點，幾時曾受過他人的折磨，更遑論是陌生男子的折磨。一旦被張無忌虐待，自然又恨又想念，就演變成了愛意，過程十分合理。《我看》中「莫名其妙」四字，應該撤消。

而在張無忌來說，以殷離之怪異，周芷若之陰森，小昭之無可奈何，在在都不及趙敏的豪俠之氣來得可愛，自然也意氣相投，終於有情人在經過了種種波折之後，能夠長相廝守，令讀者大感快慰。

《我看》中評趙敏為「上中人物」，應改為「上上人物」才對。

8 小昭

◆何等無奈，何等銷魂

小昭是上上人物，在《我看》中，只對她要到波斯明教去當聖女，表示同情。小昭在《倚天屠龍記》之中，處處值得人同情。她要混進光明頂去，又不是自願的，只是奉了她母親之命，這種任務，如果是非自願的話，整天擔驚受怕，心理負擔極重，可憐之極，值得同情。

她在光明頂上，被楊逍父女發覺有可疑之處，以致上了腳鐐手鐐。楊逍這個人，隨便怎麼算，只好算是「中上人物」，不論換了什麼人，都不會這樣對付小昭，范遙不會，謝遜不會，殷天正等等，皆不會。

而小昭受到了這樣壞的待遇不說，還要整天裝成十分醜陋的模樣，真是精神、肉體的雙重虐待。

她自出世以來，可能沒有受到過什麼好的待遇，逆來順受也慣了，所以一旦張無忌兩番在楊不悔劍下，救了她的性命，她才知道人間還有溫暖、關懷之情存在。自此之後，小昭對張無忌死心塌地，是理所當然之事。

只可惜小昭早知自己身分，所以心頭極其悲觀，萬般柔情，也只好付諸流水。

在光明頂的秘道之中，小昭所唱的歌，是《倚天屠龍記》全書的宗旨。

展放愁眉，休爭閒氣。今日容顏，老於昨日。古往今來，盡須如此，管他賢的愚的，貧的富的。

到頭這一身，難逃那一日。受用了一朝，一朝便宜。百歲光陰，七十者稀，急急流年，滔滔逝水。

張無忌聽了這首歌中的詞句，金庸形容他的感覺，所用的形容詞之佳妙，古今中外，堪稱第一：

咀嚼曲中……不禁魂為之銷。

用「魂為之銷」來形容人在生死關口，聽到了這樣歌詞的心境，何等貼切，何等感慨，何等無可奈何，又何等銷魂！

小昭所唱的那首歌，和明教的經文，相輔相成，形成《倚天屠龍記》的主旨：

焚我殘軀，熊熊聖火。生亦何歡，死亦何苦？為善除惡，惟光明故，喜樂悲愁，皆歸塵土。憐我世人，憂患實多！憐我世人，憂患實多！

人生之無可奈何，至於極點，像張無忌那樣，運氣真是好的，能夠日日替自己心愛的人畫眉。雖然他中了朱元璋的奸謀，但當皇帝，只怕也沒有什麼味道。

◆深深一吻，肝腸寸斷

小昭在已經決定回波斯去當明教總教的教主之後，仍然替張無忌換衣，無可奈何之情，看得人心酸不已。小昭淚珠盈盈，張無忌這個人，也真不好，在這時候還：

在她櫻唇上深深印了一吻。

小昭回波斯，本來已夠痛苦寂寞的了，張無忌硬起心腸不做任何表示還好，這「深深一吻」，小昭到了異鄉客地，想起來豈不是更肝腸寸斷！

張無忌咬了殷離一口，害得殷離一直在罵張無忌是黑心小鬼。這「深深一吻」，小昭想念起張無忌來，以小昭的溫柔性格，當然不會罵，可是必然增加無窮痛苦，這是張無忌在害人了！小昭在「淒然一笑，舉手作別」之後，日子是怎麼過的，真叫人想都不敢想！

小昭真可憐，是金庸筆下女主角中少見的、值得同情的一個。張無忌能給她的只是一句關注的安慰話：「你身居虎狼之域，一切小心。」如此而已，張無忌真不是玩意，益顯得小昭之飄逸高超。

9

波斯明教

◆奇詭情節，借古喻今

《倚天》中有一大段，寫波斯明教，文字、情節、動作，均詭異莫名，即使在金庸作品之中，也找不出同樣的例子來。

波斯明教的人，坐船來到中國，個個身懷絕技，有的還會講中國話，雖然生疏，但說來也似模似樣。從波斯到中國，波斯明教的人捨陸路而就海路，也相當奇妙，而且船隻為數不少：

一排排的停了大船。

從波斯航海到靈蛇島，該如何走法？首先要弄明白靈蛇島在什麼地方。趙敏等一行人，離開大都向海邊馳去，一日夜，抵達海邊，自然是河北省塘沽一帶的海口，然後「向著東南行駛」，又「逕向南行」，大約三天，「第三日午後」，金花婆婆已對海程甚熟，那至多航行到山東沿海附近，是渤海。

從波斯出發，船行到渤海，航程極遠，波斯人對航海術並不精嫻，而居然可以航行如此之遠，波斯明教上下，對於這次遠征，不知準備了多久！

波斯明教以總教自居，而要中土明教聽他們的指揮，這一點十分有趣，頗有蘇聯人要附從國囑命令的味道，而謝遜的回答是：

「中土明教雖然出自波斯，但數百年來獨立成派，自來不受波斯總教管轄。」

那是爭取獨立自主，對白甚妙，可以令人做會心微笑。金庸筆下，極多這類

「借古喻今」之處，讀者若是細心，可以一一體察，若是粗心大意，自然無法理解，錯過了生花妙筆。

波斯明教有十二寶樹王，各有各的本事，張無忌、謝遜的武功，趙敏的機智，黛綺絲對水性的熟嫻，與他們相鬥，縱使不勝，要來個落荒而逃，大抵也不是難為，但硬是逼得小昭非到波斯去不可，真是沒有辦法。

◆怪異武功之精妙

波斯明教的三使、十二王，來到中土，給張無忌的好處，是得了六枚聖火令，這六枚聖火令的功用，後來極大，不是它們，張無忌只怕已死在少林寺三個老僧的長鞭之下了。

有關波斯明教來到中土的一節，波詭雲譎，是武俠小說中罕見的章節。而其中，尤以介紹波斯怪異的武功為最，波斯三使和張無忌相鬥的那一段（參《倚天》第二十九回），真是看得人驚心動魄。

謝遜和張無忌，本來已是罕逢敵手，一有他們出場，打鬥本來不應該再有什麼好看之處，因為一方的武功若是太強，打起來成一面倒，還有什麼好看的！

可是金庸卻安排了波斯的詭異武功，一上來就令得謝遜吃了虧，張無忌也被逼得手忙腳亂，若不是趙敏捨命相救，「玉碎崑崙」之後，再來「人鬼同途」，最後一招「天地同壽」，更是抱必死之心，不但可見趙敏對張無忌愛心之甚，也可以見到波斯三使武功之精妙。

這一大段武功的描述，真是驚心動魄，至於極點。看金庸小說，不能只看人物、情節，而忽略了對武功的描寫。有許多讀者，特別是女性讀者，往往如此，那是一大損失。

10

「天地同壽」、楊逍、紀曉芙、楊不悔和殷梨亭、滅絕師太

這一段的標題十分長，是因為楊逍、紀曉芙和楊不悔、殷梨亭、滅絕師太這幾個人，有著千絲萬縷的關係之故，所以把他們聯在一起。

◆ 偷偷罵一聲「賊老尼」

滅絕師太是峨嵋派的掌門，這個老尼姑，看到恨處，寧願冒著被她的倚天劍一

劍刺死之險，也要偷偷罵一聲：賊老尼。

其所以要「偷偷罵」，是因為這個老尼自然有其威嚴，當面罵她，有點不敢。

滅絕師太所代表的，是一種嫉惡如仇的力量。而這種力量中的「嫉惡」，所謂「惡」，全是憑自己來論定的，只是一種極其主觀的判斷，內中是是非非，一概不予深究。認定是惡，惡就非絕滅不可，用的手段再下流，也可以自己原諒自己，那是為了除惡。此所以滅絕師太可以命紀曉芙去殺楊逍，可以命周芷若發下毒誓，去殺張無忌。不管用的手段多麼醜惡，「道理」似乎總在這種力量那一方。

這是極其可怕的一種觀念。像滅絕師太這種人、這種力量，一直延綿不斷，至今一樣還存在。

滅絕師太，她所絕滅的，其實是人性。而人性是不可被絕滅的，所以像滅絕師太這種人，注定失敗。紀曉芙不肯去殺楊逍，周芷若發了誓，也等於白發，滅絕師太泉下有知，一定要氣得化為厲鬼。但就算她真的化為厲鬼，一樣沒有用處。一個自以為所作所為，都合乎道德標準的厲鬼，也只覺其討厭和可憐，而不會覺得有什麼可怕之處的。

金庸筆下，最討厭的一個人是滅絕師太，第二個人才輪到阿紫。

像滅絕師太這種死硬的「道德維持者」，只有借書中人蛛兒的話來罵她：

「老賊尼，你胡說八道甚麼？」

還有張無忌的話：

「這般殘忍凶狠，你不慚愧麼？」

不過，像滅絕師太這一類的人，還是會胡說八道下去，還是行為惡毒陰森，而不覺慚愧！

這真是人世間的一大恨事！

滅絕師太最惡毒的一件事，就是逼紀曉芙去殺楊逍不果，而殺了紀曉芙。

紀曉芙不能去殺楊逍，甚至心中還愛著楊逍——楊逍值不值得愛，是另外一件事——生了個女兒叫楊不悔，這礙著滅絕師太什麼了？可是老賊尼偏偏要管，不但管，而且咬牙切齒，狀若瘋癲。誰叫紀曉芙是她的徒弟，除死之外，已沒有第二條路可以選擇了。

◆當紀曉芙遇到楊逍……

紀曉芙遇到楊逍，和楊逍在一起的過程，看了令人很憤慨。不論這件事的結果，紀曉芙是悔還是不悔，紀曉芙的悲劇，總是楊逍和滅絕師太兩人合力造成的。紀曉芙的武功平常，楊逍的明教光明左使之尊，武功又高，可是他對美貌女子的手段，竟不是憑本身的武功、內涵、外型去吸引，而是採取了最無賴的做法，先是不斷釘梢：

「千方百計，躲逃於他，可是始終擺脫不掉……」

「弟子走到那裏，他便跟到那裏。弟子投客店，他也投客店；弟子打尖，他也打尖。……說話瘋瘋癲癲……」

這楊逍不但釘梢，而且不知道講了些什麼話，紀曉芙說他「說話瘋瘋癲癲」，那是在滅絕師太面前，不能轉達楊逍的話，楊逍說的，多半是風言風語，調戲女子的話。至此，楊逍的行為，已與流氓潑皮無異了。而楊逍更有甚者：

「……終於為他所擒……力不能拒，失身於他。」

這幾句話，紀曉芙絕不至於是編來為自己辯護，那麼，楊逍是強姦了紀曉芙的，這算是什麼武林高手的行徑？

武林高手可以有極風流的，可以有一人而有六個情婦，也可以一人而有七個老婆的，但必須有一個原則，要女方心甘情願才行。

像紀曉芙那樣，「力不能拒，失身於他」的情形，楊逍是犯了極其惡劣的強姦罪。強姦罪是古今中外最不可饒恕的罪行，沒有任何其他罪行比這個罪行更卑鄙、下流、無恥的了。

而楊逍居然就犯了這個罪。

起初，楊逍「監視極嚴」，教紀曉芙「求死不得」。在這個期間，楊逍可能對紀曉芙略有一點憐惜之意，曾經甜言蜜語，去哄騙被他強姦了的紀曉芙。楊逍其時已是四十出頭的中年人，要去哄騙一個二十歲不到的小姑娘，自然容易得很。更何況這個小姑娘，已經失身於他，全然無可奈何，在求死不能的情形下，除了接受他的哄騙之外，也無可選擇。

紀曉芙生了一個女兒，取名「楊不悔」，自然是在那幾個月中，楊逍的甜言蜜語奏了功，紀曉芙實在沒有想到楊逍的行為，極其不堪，對她也不會有真的感情，要不然，以他之能，紀曉芙雖然逃走，他要去找，找到了將之帶到光明頂去，還不是易如反掌！而楊逍根本沒有這樣做，紀曉芙一個少女，又是在滅絕師太這樣的人門下，還有丁敏君這樣的同門，真不知道孩子是怎麼生下來的，也不敢想像，在生育、撫養孩子的過程之中，她受了多大的痛苦！紀曉芙是被犧牲了的人物，值得天下有情人，同聲為之一哭！

在《我看》中，對於楊逍、紀曉芙相識的過程未曾細看，是以如此寫：「……故意勾引紀曉芙……」「被楊逍在半強迫（？）的情形下失身」。並且將楊逍評為「中上人物」。

而今再看之後，一定要相信紀曉芙的話，才能對這段公案，有所評斷。紀曉芙講過楊逍和她相識的過程，是：

知道今日面臨重大關頭，決不能稍有隱瞞。

所以，她所說的話，可以作為當日發生的事實。那楊逍的行為，就極其不堪。所以，金庸也給了他「年老德薄」四字的考語，這個人後來居然也做了明教教主，真是明教之恥！

楊逍，只好算是下下人物。

◆巨大痛苦下的產物

和紀曉芙同樣，被犧牲了的人物，是殷梨亭。這位殷六俠，一心愛著未婚妻，而未婚妻遭到了這樣的不幸，其摧心裂肝之痛，可想而知，所以他創造了一招「天地同壽」。

這招「天地同壽」是什麼樣的，金庸寫得極詳細。不但詳細，而且照著去做，真能與敵同歸於盡，是武俠小說中從來也未曾見過的招數，也只有遭到了如此巨大痛苦的人才創得出來！

這一招專為刺殺緊貼在自己身後的敵人之用，利劍穿過自己的小腹，再刺入敵人小腹。

「天地同壽」這招名，還是張三手取的。殷梨亭要殺楊逍，實在有道理。因為楊逍的甜言蜜語，哄得了紀曉芙，騙不了殷梨亭。滅絕師太要殺楊逍，只是為了要替師伯孤鴻子報仇，和殷梨亭要殺楊逍的目的不同。

雖然，殷梨亭就算殺了楊逍，紀曉芙也不會愛上殷梨亭，因為紀曉芙還相信楊逍對她有情意。被強姦了的女子，愛上強姦她的人，這種例子不是沒有。尤其像紀曉芙那樣的少女，既然失身於楊逍，還有什麼辦法？

後來，殷梨亭娶了楊不悔，倒是十分巧妙的安排，但總覺得有點不自然，而且，楊不悔其實不怎麼可愛，殷梨亭在面對楊逍這個岳父之際，若是心中不罵幾聲「老賊」，那麼殷大俠的性格，未免太敦厚了。

一九八〇・十二・二十三　台北，林肯大廈

11

青翼蝠王韋一笑

韋一笑在「四大法王」之中排名第四。這個韋一笑，真是怪異絕倫的人物，一寫到他，不禁有點心中發毛，真怕他了無聲息，掩到身後，在頸上咬上一口。深夜凌晨二時，氣溫降至六度，更覺隨時可以有「陰惻惻一聲長笑」傳來，思之駭然。

韋一笑的輕功之佳，連張三丰也稱讚不已，可知真不簡單。

韋一笑出場，在和滅絕師太比了一場輕功之後：

……踢得黃沙飛揚，一路滾滾而北，聲勢威猛，宛如一條數十丈的大黃龍……

這是何等氣勢！輕功寫得如鬼似魅容易，寫得如此有氣勢就難。

◆吸人血維持生命

韋一笑因為使功時真氣走入岔道，所以會定時寒毒發作，要吸人血，才能停止，不吸人血，自己就會死。為了自己不死，就只好不斷吸人血。

雖然，為了自己不死，而致人於死的行為至今仍很普遍，甚至自己根本不必死，只是為了要得到一點利益而致人於死地的行為，也屢見不鮮，但是韋一笑的行為，還是值得商榷。

第一，他要靠吸人血來維持生命，有多久了？隔多久才要吸一次人血？

在《倚天》中，對這一點，寫得相當模糊：

韋一笑練內功時走火，自此每次激引內力，必須飲一次人血，否則全身寒戰，立時凍死。

「激引內力」，不知多少時候一次？不論怎樣，被韋一笑吸血致死的人，一定不在少數，布袋和尚說不得三次入長白山，去找火蟾，想醫救韋一笑，為的就是：

不但治好韋一笑的病，也救了很多人。

值得商榷之處就在這裡：

一、一定非人血不可嗎？其他動物的血，是不是可以替代？像天山童姥，在練功之際，也要吸血，動物的血就可以了。韋一笑三陰脈絡受損，何以非人血不可？不能以動物的血來替代？

二、吸人血，也可以不致人於死。就算非人血不可，也可以多找一點人來吸，每人吸上五百CC左右，致人的損害不大，於自己有利，而且以青翼蝠王的神通廣大，還可以給被吸血者以各種各樣的補償。但韋一笑似乎每次只找一個人，吸乾了方休，這種濫殺無辜的行為，絕不值得讚揚。

韋一笑雖然輕功神出鬼沒，行事也有很多令人尊敬之處，但是濫殺無辜這一點，不能原諒。令人尊敬之處，是他能夠放過殷離，為了明教團結，不去吸白眉鷹王孫女的血，寧願自己血液凝結而死，這一點，相當不容易。

◆神出鬼沒，如鬼似魅

還有一點，關於韋一笑十分有趣的事是，在《倚天屠龍記》全書之中，竟沒有一處，是形容韋一笑的樣貌身形的，這使得青翼蝠王充滿了神秘感。只知道他穿「青袍」——黑色的袍子，笑聲十分陰森，來去若電，如鬼似魅（那是形容他的身法），如此而已。

他是高？是矮？是胖？是瘦？是什麼臉容？《倚天》之中，一無提及，只好自己去想像。想像之中，一定是乾瘦若殭屍（他吸血），而且面目一定極其陰森可怖，說不定倒吊眉、三角眼，有多恐怖就有多恐怖，決計不會是一個美男子就是了。

韋一笑是一個極度怪異的人物，這樣怪異的人物，在金庸筆下也不多見。

12

鹿杖客和鶴筆翁

鹿杖客和鶴筆翁，是《倚天屠龍記》中，武功最高的反派人物。可是這兩個反派高手之沒有氣勢，卻是金庸筆下的反派人物之最。

這兩人的武功極高，張無忌一回到中土，就中了他們的暗算，被擄走，在整個故事之中，佔了極重要的地位。可是不論如何，這兩個反派高手，一直沒有氣勢，只覺得他們被趙敏和王保保兩人呼來喝去，簡直和一般小卒無異。

這兩人的武功是哪一門哪一派的，也沒有交代過，只知道他們武功高就是。

兩人之中，鹿杖客好色，鶴筆翁好功名利祿，缺點甚大。可是怪的是，好色的，也未見有什麼轟烈的好色行動，好功名利祿的，也未見撈到了什麼。這兩個人，處處透著莫名其妙之處，儘管他們的武功高，卻絕不給人以高手的印象。若是只看一遍兩遍《倚天》，可能連兩個人的名字都記不住。

或許，是由於在《倚天屠龍記》中，主要的衝突是放在名門正派和魔教之上，蒙古人的那一條線，反而變成次要，所以才有這樣的情形出現。

金庸在《倚天》之中，筆墨全都落在明教和各大門派身上，鹿杖客和鶴筆翁，反倒淪為普通人物了。

玄冥二老的外號很有氣派，可是不論言、行，都一點也不氣派。

13 大戰

《倚天屠龍記》中，大戰之多，冠於一切金庸作品。

◆ 六大門派圍攻光明頂

王盤山謝遜大展神威，何足道獨闖少林，武當山上幾次遭遇危險，而六大門派圍攻光明頂，張無忌自布袋中脫穎而出，力服六大門派的那一戰，幾乎佔了全書二十分之一的篇幅，更是一氣呵成，一點空隙也沒有，看得人廢寢忘食。

這是最大的一次大戰，當張無忌趕到之際，六大門派已然大佔上風，明教上下，已然準備殉教了。只有白眉鷹王還在硬撐，連出場氣勢如此驚人的殷野王，也已經昏迷不醒了。

力挽狂瀾的是張無忌一個人——那真正是他一個人的力量，因為根本沒有人可以幫他了。

（附帶一提殷野王。這個人，出場氣勢非凡，但是他對女兒不好。一個對女兒不好的爸爸，絕不會是什麼好人，一點也不可愛。）

那時候，張無忌已經練成了「乾坤大挪移心法」，再加上九陽神功，武功天下第一，自然無往不利。雖然曾一度受窘於正反兩儀刀法、劍法，但也不旋踵就佔了上風。可是最後，還是莫名其妙，被周芷若刺了一劍。

天下第一高手，莫名其妙被他女朋友刺上一劍，變成重傷的情節，在金庸小說之中，不但《倚天》中有張無忌被周芷若刺，還有《笑傲江湖》中的令狐冲被岳靈珊刺。這種情節安排，無非是為了一個人變得天下無敵之後，若是一帆風順、所向無敵，便減少了趣味，所以總要想辦法令他受一點傷之故。

這樣的安排，看得人不甚舒服，同樣可以安排武功更高的高手，令張無忌吃虧，佔不到上風，製造驚險。金庸事實上也做了這樣的安排。就在六大門派圍攻光明頂一段之中，雙刀雙劍，正反兩儀，就曾令得張無忌險死還生，看得讀者和張無忌一起淌汗。

◆大戰之多，熱鬧無比

再往後，金庸又寫了和波斯明教的三使之戰，也是驚心動魄，至於極點。再下去，還有少林寺三老僧神出鬼沒的長鞭，張無忌幾乎陷身鞭陣之中。

那兩場大戰，張無忌武功雖然第一，也是幾經困苦，才佔了上風，過程之驚險，絕顯不出張無忌在武功變成天下第一之後的所向無敵。

那比不加抵抗、任由女人刺上一劍好得多了，而且，持劍的女人一點也不可愛，若是一劍刺死了，不但冤枉，而且窩囊。

謝遜和成崑的決鬥，雖然只有兩個人，但是也可以列入大戰之列。萬安寺的一役，最最熱鬧。

而最大的一次戰役，比六大門派圍攻光明頂規模更大，參與的人更多的，則是少林寺前，武林群豪群集，大家要找出謝遜來的那一場戰役。

在這場戰役之中，峨嵋派在周芷若的率領之下，風頭出足，「霹靂雷火彈」一出，中者喪生。然而雷火彈雖然威力奇猛，卻是武俠小說中的敗筆。這種像是手榴彈一樣的東西，偶然出現，還可以調劑調劑，若是每個人身上都帶上一打半打，張無忌也不用練什麼乾坤大挪移心法，只要練臂力，看誰擲得遠就好了。

◆兩個有趣的上上人物

在那一段中，出現了一個極其有趣的人物，醉不死司徒千鍾。這個人好講話，結果因為講話而惹來了殺身之禍，可以作為同類人物之戒。

司徒千鍾最有趣的對白是要和歐陽牧之一起共創一個「酒色派」，真是調侃武林派別，至於極點。

司徒千鍾是被雷火彈炸死的，雖死猶帶笑容，死得毫不痛苦，喝酒也有喝酒的好處。金庸筆下，好酒人物甚多，豪莫過於喬峯，趣莫過於司徒千鍾。每當看到司徒千鍾出場，總要浮一小白，寫到他，要浮一大白，司徒千鍾是上上人物。

同樣筆墨極少的有趣上上人物，還有一位華山派的高手，這位老先生連名字也沒有，書中只稱之為「高老者」。這位高老者武功卓絕，反兩儀刀法，神出鬼沒，可是有趣之極，一點沒有武林人物的戾氣。

這位高老者，打不過人時，可以一口濃痰吐將出去。打輸了，他說：

「勝敗乃兵家常事，老子是漫不在乎的。」

其風度、氣量，只有《天龍八部》中的一陣風風波惡差可比擬，但是風波惡仍及不上這位高老者。

張無忌出來，調解六大門派和明教之間的怨仇，也只有高老者一個人接受：

高老者道：「依你說是不礙的？」
張無忌道：「不礙的。」
高老者道：「師哥，這小子說是不礙的，咱們就算了罷！」

高老者有「算了吧」的氣度，其餘各大門派的高手都沒有，這位高老者是極可愛的人物。正因為他自己的性格如此可愛，所以他才會了解到張無忌的可愛，去拍張無忌的頭，而張無忌坦然受之，看得眾人冷汗直淋，兩個當事人，由於心懷坦蕩，反倒不覺得怎樣。《倚天屠龍記》全書之中，論氣度，可與張無忌比擬者，也只有這個沒名的華山高手而已。

◆忘得乾乾淨淨

《倚天屠龍記》中，有兩段，寫張三丰授技。先是授俞岱巖，繼而「即炒即賣」，授張無忌太極劍。這兩段授武的文字，不但道出了太極拳的要旨，道出了一切武學的要旨，也道出了學習任何知識的要旨，以下是張三丰和張無忌之間的對白：

「孩兒，你看清楚了沒有？」

「看清楚了。」

「都記得了沒有？」

「已忘記了一小半。」

「好，那也難為了你。你自己去想想罷……現下怎樣了？」

「已忘記了一大半。」

「孩兒，怎樣啦？」

「還有三招沒忘記……這我可全忘了，忘得乾乾淨淨的了。」

這一番對白，其中包含的道理，連明教五散人中的周顛也不明白，他就曾經叫：

「糟糕，越來越忘記得多了！」

張無忌因為其時九陽神功已成，乾坤大挪移心法也已練成，和張三丰是並世武林之中，兩個最高的高手，所以心意相通，可以明白。

他們兩人之間的對話，雖然簡單，但是卻道出了教與學之間的真理。教的目的，並不是要學的人將教的人的每一句話都記住，而是在知道了原則之後，去自由發揮，不可拘泥於教的人的每一句話、每一個章節，而是要融會貫通。

「忘得乾乾淨淨」，是學的人要將教的人所教的一切，當作「陳」，將「陳」推開，才會有「新」，不然，只是陳陳相因，怎麼會有進步？

這是教、學之間的最高原則，唯其如此，人類的學識，才會不斷有新的累積，新的不旋踵就變成舊的。唯其如此，人類才會不斷進步。

張三丰在教張無忌的時候，必然感到極度愉快，因為張無忌是這樣懂事的一個學生。如果張無忌忽然問：「太師父，這一招怎麼使？」張三丰不被氣得吐血者幾稀！

得一知己，死而無憾，張無忌是張三丰的知己，周顛就不夠資格遠甚了。

《倚天》中的大戰、小戰，不下百餘，若是一一論來，只怕就可以佔一本書，只好簡單一點，反正要看其精采部分，可以看原著。

14 宋青書和周芷若

◆ 走向死路的盡頭

宋青書在《倚天》之中，是一個十分特別的人物，他和丐幫長老陳友諒搞在一起。陳友諒是歷史上真有其人的一個人物，和朱元璋爭天下，漢人之間打內戰，打得十分慘烈，最後失敗，朱元璋才一統中原，當了皇帝。

宋青書是一位英俊少年，青年才俊，家世好，武功高，他和陳友諒發生關係，是因為他有一條小辮子，被陳友諒捏在手裡。這個陳友諒要來要脅宋青書的把柄，是宋青書暗戀著周芷若。

宋青書暗戀周芷若，時時去偷看峨嵋諸女弟子的住所，被莫聲谷發現。就像是滾雪球一樣，本來是一件小事，為了隱瞞小事，做了另一些事，又為了隱瞞另一些事，再做了一些更嚴重的事，到了最後，雪球越滾越大，終於演變成為謀殺七師叔莫聲谷的事，事情到了這一地步，已經無可收拾了。

從開始做一點小壞事，到後來壞事越做越多，越做越大，這個過程，金庸寫得極之細膩。宋青書自己也知道這樣下去會不得了，可是還是一步一步向著死路的盡頭走過去。凡是這樣的情形，總可以達到目的，一定會來到死路的盡頭。

◆令人不寒而慄的女人

宋青書後來在名義上做了周芷若的丈夫，可是他什麼也沒有得到。周芷若只不過在利用他，拿他來當開心。周芷若是極其可怕的一個女人，其可怕的程度，十分駭人，她甚至可以為了陷害他人，而將自己的頭皮削去一片，做得出這種事來的女人，其忍、狠之處，思之不寒而慄。

周芷若做了許多壞事，而且每一件的情節都相當惡劣，不知道金庸何以原諒了她。其實，周芷若的所作所為，都是不能原諒的。那個來自活死人墓的黃衫女子，就不怎麼喜歡周芷若。

周芷若唯一值得同情之處，是她的上面，有一個滅絕師太在壓著她，做她不願意做的事。可是周芷若也沒有怎麼反抗過。

周芷若是金庸筆下最不可愛的女人之一，比阿紫還難對付。阿紫明擺著使小性，有己無人。周芷若是暗地裡弄陰謀，也有己無人。

15 趙敏的手下

◆趙敏統御有方

趙敏手下，高手如雲。玄冥二老不算之外，還有神箭八雄。神箭八雄是什麼來歷，書中並未細表，只知道是八個武林高手，氣派甚大，追殺一隊蒙古兵之際，當真是人強馬壯，隱隱有蕭峯的燕雲十八騎的氣勢。

除了神箭八雄之外，還有阿大、阿二、阿三這三個高手。阿大是原來丐幫的長老方東白，劍法超群。阿二、阿三是什麼來歷，也沒有細表，武功之高，比起神箭八雄來，尤有過之。

為了對付方東白，張三丰才現炒現賣，教了張無忌太極劍法，可知連張三丰、張無忌，也不敢小覷了他。

趙敏不知是用什麼方法，來統率這些高手的？想來手法一定十分高超，這些高手，對趙敏一定也極其忠心。趙敏甚至可以將倚天劍交在方東白的手中。倚天劍如此鋒利，幾乎無堅不摧，而又落在方東白這樣劍術超群的人手中，威力比在滅絕師太手中更甚。

如果方東白稍有異心，倚天劍一到手，轉過頭來和趙敏為敵，玄冥二老絕攔阻不住。就算方東白不想與趙敏旁的手下為敵，有倚天劍在手，要求個全身而退，總不是難事吧？

然而，方東白雖然倚天劍在手，亦絕無異心，可知趙敏對手下統領有方。

方東白是劍術名家，倚天劍又是為武之士夢寐以求的寶劍，不知道方東白握了倚天劍在手之際，是不是曾起過據為己有的念頭？他又為什麼會投到趙敏手下，去當個「阿大」的？這些問題，都很令人懸念。

◆屠龍刀的下落

《倚天屠龍記》寫到這裡，也差不多了。最後，提一提一個小節，全然無關緊要，可是金庸寫得十分壯烈、有氣勢。

那便是屠龍刀斷成兩截，明教的銳金旗掌旗使吳勁草、烈火旗掌旗使辛然，共同聯手，將之銲接在一起。這一段寫得極佳，是小說中罕見的好文字。而接了屠龍刀之後，根本不願再接倚天劍，也顯出吳勁草此人的英雄氣概。

鐵匠出身的吳勁草，在明教地位不算高，看過《倚天》的人，能記得他名字的也不會多，因為他在書中不算是重要人物。

然而，就是這麼一小段描寫，已足以令人對他肅然起敬，永留腦海。

屠龍寶刀接好了以後，以張無忌的武功而論，用到的機會不會太多，後來不知落到了什麼人的手中？是不是有可能，《鹿鼎記》中，韋小寶得到的那把鋒利無比的匕首，就是屠龍刀，或者是斷了的倚天所改鑄的？一直聯想下去，不知可以想得多遠！

就此做一個了結。

《倚天屠龍記》，在金庸作品中，情節變幻最多，但由於其他作品更具優點，所以，仍然只好排第六位。

一九八〇・十二・二十五　台北，林肯大廈

後記 看，再看，多看

《我看金庸小說》出版之後，銷路頗佳。自然，有自知之明，銷路頗佳的原因是「金庸小說」，並非「我看」。

《我看》這本書，引起了各地金庸迷的興趣，而且還創了「金學研究」一詞，功不可沒，倒也不必妄自菲薄。自從一版、再版、三版之後，每一個看過的人，見面之後，均有不同意見。至少有六、七位朋友說：我要寫一本「我看《我看金庸小說》」，來表示不同意見。

既稱「研究」，不同的意見自然越多越好，每當有朋友這樣說，立時回答：

「歡迎，歡迎，快寫，快寫！」

遠景出版公司沈登恩先生一聽得有那麼多人要對金庸小說表示意見，大喜過望，說：「金學研究，至少要出十本以上。」於是，他以「等待大師」作為廣告標題，在港台兩地報紙上向各方面徵求稿件。

徵求稿件的結果好像很好，沈先生時不時來告：某某先生答應寫了，某某女士答應寫了！聽了也代他高興，心想：「總快可以看到別人對金庸小說有系統的意見了吧！」而且，沈先生看本人的樣子，分明在《我看》中意猶未盡，於是說：「你再來一本！」

再來一本就再來一本，心想，各方名家畢集，再來的這一本，至少要排在第六、第七本出版了。誰知道大師就是大師，左等不來，右等不來，左三年，右三年，等得沈登恩先生望穿秋水，各大師答應了要寫的，表示了要寫的，一個也沒有來稿，而本人的《再看》卻已經脫稿了，看來，「金學研究」第二本，還是本人的！

大師不動，老是讓小卒登場，似乎不是辦法，諸大師難道寫不出？難道不喜歡金庸作品？自然皆不，推託之辭，曰：「忙！」

忙，本人雖小卒，倒也不敢後人。《再看》是十二月份寫出來的，十二月份，本人的工作如下：電影劇本兩個，連載小說五萬字，雜文一萬字。港台兩地奔波一次，在台時間為十天。日常應酬等等不算，以上所列是淨工作量，再八萬字《再看》一本。

各位大師之忙，想來至多不過如此？

各位大師的高見，何時可以讀到？

這有點下挑戰書的味道了，不要第三本「金學研究」，仍由本人登場才好！

《再看》故事之初，準備寫得詳細一些。《我看》寫了六萬字，《再看》準備寫八萬字，《我看》寫過的，絕不重複，想想，八萬字也夠了，恐怕還寫不了那麼多字。可是一執筆，金庸小說可供研究之處，實在太多，還是寫得十分潦草，但是寫了《鹿鼎記》、《天龍八部》兩部書，已經知道，絕無可能在八萬字之中，將十四部金庸小說全「看」完。

果然，再寫了《倚天屠龍記》，已經夠八萬字了。所以，《我看》反倒浮光掠影，看了金庸的全部作品，《再看》只看了三部。

雖然這三部全是金庸作品中較長的，《鹿鼎記》有五大冊，《天龍八部》也有五大冊，《倚天屠龍記》有四大冊。

在《再看》中，比較多引用了原著，但也盡可能少用。為了引用原著，有時，在五大冊書中找一句話，可以找上半天，十分費時間。還好平時看得熟，知道前文後目，找起來比較容易些。如果看得不熟的，單是找找原著，就比寫更費時間十倍以上！

《再看》看了金庸三部小說，看得夠仔細了嗎？還是不夠，還是有許多地方可以提出來討論研究的，但是都沒有，所以，必然還有《三看》、《四看》，一直看下去。

遇上很多人，每個人都稱讚金庸的小說寫得好，但是卻全然經不起交談。一交談起來，不是支支吾吾的，說是不記得了，便是只記得一些大情節，精妙之處，完全未曾領略，暴殄天物，莫此為甚。

金庸的小說，是要一看再看三看四看五看六看七看八看的。不看十遍以上，就不能自稱為金庸小說迷，看了十遍以上，自然會再去看十遍。那時，每一字、每一句之中的精義奇趣，皆可領略，看小說的樂趣之甚，莫過於此，才會真正、真正知道金庸小說的妙處，才會知道「前無古人，後無來者」的評語，不是亂給的。

看，再看，多看，願天下金庸小說迷共勉之！

一九八〇・十二・二十四　台北，林肯大廈

再看金庸小說 / 倪匡 著. -- 三版. -- 臺北市 :
遠流出版事業股份有限公司 , 2024.09
面 ; 公分
ISBN 978-626-361-855-8（平裝）

1. CST : 金庸 2. CST : 武俠小說
3. CST : 文學評論

857.9 113011128

再看金庸小說

作者 / 倪匡

副總編輯 / 鄭祥琳
主編 / 陳懿文
校對 / 萬淑香
美術設計 / 謝佳穎
排版 / 中原造像股份有限公司
行銷企劃 / 廖宏霖
出版一部總編輯暨總監 / 王明雪

發行人 / 王榮文
出版發行 / 遠流出版事業股份有限公司
地址 / 104005 臺北市中山北路一段 11 號 13 樓
電話 / (02)2571-0297 傳眞 / (02)2571-0197 郵撥 / 0189456-1
著作權顧問 / 蕭雄淋律師

1987 年 3 月 1 日 遠流一版
2024 年 9 月 1 日 三版一刷
定價 / 新臺幣 360 元 (缺頁或破損的書，請寄回更換)

ISBN 978-626-361-855-8

YL 遠流博識網 http://www.ylib.com E-mail: ylib@ylib.com
金庸茶館粉絲團 https://www.facebook.com/jinyongteahouse